엄마의 노트

엄마의 노트

2023년 5월 15일 제 1판 인쇄 발행

지 은 이 ㅣ 하재현
펴 낸 이 ㅣ 박종래
펴 낸 곳 ㅣ 도서출판 명성서림

등록번호 ㅣ 301-2014-013
주   소 ㅣ 04552 서울시 중구 삼일대로8길 17 3~4층(충무로 2가)
대표전화 ㅣ 02)2277-2800
팩   스 ㅣ 02)2277-8945
이 메 일 ㅣ ms8944@chol.com

값 13,000원
ISBN 979-11-92945-34-7

엄마의 노트

이 세상의 모든 어머니께 이 책을 바칩니다

하 재 현 지음

도서출판 명성서림

프롤로그

산밑에서 어린 시절을 보내며 해가 쨍쨍한 날엔 흙담 밑에서 소꿉놀이했다.

빨간 벽돌을 부수어 고춧가루를 만들고 예쁜 돌들과 나뭇잎으로 그릇을 만들고 풀꽃을 꺾어 반찬을 만들며 나는 누구를 만나 결혼하고 언제 아기를 낳아 키우고 어떤 엄마가 될까 내가 낳은 아가들은 자라서 훌륭한 어른이 될까 궁금했는데 어느새 모든 게 이루어졌다.

바삐 살아가며 흩어졌던 많은 것들이 다시 내 안으로 들어와 따뜻한 꽃밭이 되었고 꽃 숲을 이루었지만 나를 있게 하신 엄마가 안 계시는 숲은 쓸쓸하다.

그 숲의 바람과 나무들과 새들도 그대로이고 나를 부르던 들꽃들도 그대로인데 엄마는 어디로 가셨을까.

내가 흙담 아래에서 소꿉놀이할 때처럼 엄마가 내 곁에서 오래오래 지켜보실 줄 알았는데 엄마는 노트만 남겨두고 떠나셨다.

나도 엄마의 길을 따라가며 자녀들을 위해 늘 기도하고 생각만 해도 힘이 되는 엄마가 되려 애쓰며 엄마처럼 어두워지면 노트에 그날을 기록하며 살아왔다.

나의 이야기가 세상 모든 어머니의 마음일 테니 자손들과 누군가에게 다정하고 따뜻한 노트가 되어주었으면 좋겠다.

차례

1부
어머니의 노트

2부
아버지와 텃밭

차례

3부
엄마의 향기

4부
어머니의 마일리지

차례

5부
손주의 등장

6부
여자는 약하나 어머니는 강하다

차례

7부
깜빡깜빡하는 희미한 기억

8부
하늘나라에 부치는 편지

1부

어머니의 노트

나의 어머니!

　항상 제 곁에 계셨고 세상 끝날까지 제 곁에 계실 것만 같았던 나의 어머니, 어느 날 바람처럼 떠나시고 이젠 그 어디에도 안 계시니 어머니를 생각하면 허망하기만 합니다.

　자녀들을 누구보다 훌륭하게 키우셨고 지금도 저희를 지켜 보고 계실 우리 어머니!

　저는 지금도 엄마가 꼭 우리 살던 집에 계실 것 같아 달려가고 싶습니다.

　"어서 오너라"하시며 대문을 활짝 열어주실 것 같으니까요.

　어머니!

　밤새 이야기 도란도란 나누며 엄마랑 손잡고 자던 그 시간들이 너무도 그립습니다.

나직하고 다정한 목소리와 따뜻하던 손길을 생각하면 가슴이 미어지고요.

하필이면 착하고 바르게 사신 우리 엄마에게 그렇게 큰 병이 다가올 줄을 누가 알았겠어요.

엄마가 고통과 통증에 시름 하며 계실 때 왜 저는 좀 더 엄마 곁에서 최선을 다하지 못했을까, 말씀도 못 하시고 얼마나 쓸쓸하고 괴로우셨을지를 생각하면 먹먹하답니다.

엄마가 가시고 나서야 엄마의 노년 외로움이 얼마나 컸을지도 깨달았고, 제가 크게 아프고 나서야 엄마의 아픔을 알게 되었으니, 어느 하루도 엄마가 보고 싶지 않은 날이 없지만 이제 슬픔을 내려놓으며 당신을 위한 기도를 계속하려 합니다.

살아생전 좀 더 잘해드리지 못하고 그리움과 후회뿐인 저를 용서하세요.

이제 엄마의 못다 이룬 꿈까지 대신하면서 멋지고 자랑스러운 딸이 되겠습니다.

엄마도 모든 걱정 다 털어버리시고 하늘나라에서 아버지랑 좋은 구경도 많이 하시고 먼저 떠나가서 보고 싶었던 친구들도 만나 행복한 시간 보내세요.

영원히 영원히 당신을 사랑합니다.

예쁘고 다정했던 곽연순 우리 엄마 천국에서 또 만나요. 안녕!

어머니의 밥상

우리 집엔 큼지막한 둥근 상이 있었다. 둥근 상을 펴고 밥을 먹을 때면 꼭 우리 식구가 아닌 누군가도 같이 식사를 하곤 했다. 어느 날은 옆집 아저씨나 아줌마들, 다음 날엔 동네 이장님이시기도 했고 쌀이 온 날은 쌀 배달 아저씨랑 함께 밥을 먹고 연탄이 온 날엔 연탄 배달 아저씨랑 같이 밥을 먹었다.

요리 솜씨가 뚝딱 좋았던 엄마가 텃밭에 나가 겉절이 할 야채를 뜯어 수돗물에 푸르륵 씻고 숭숭 무쳐서 양푼에 푸짐하게 올리면 그것 하나만으로도 기가 막힌 밥상이 되었고 마당에서 장작불에 끓인 칼국수를 한 대접씩 더 먹기도 하고 반찬이 없는 날엔 김장 김치 머리를 뚝 잘라 금방 지은 밥에 척척 올려서 머리를 뒤로 젖히고 먹다 보면 한 가닥은 씹고 있고 반은 목에 걸린 김치를 켁켁 거리며 서로 머리가 부딪칠 듯 재밌고 맛있는 밥상이었다.

밥을 다 드시고 나면 어떤 아저씨는 꼭 우리 방에 가서 입을 푸우 푸우 불며 낮잠을 한숨씩 자고 가셨는데 학교에 다녀온 우리는 그게 싫어서 성냥불 심지로 그 아저씨들 팔목이나 발목에 불침을 놓고 문 뒤에 숨어서 가슴을 조이며 아저씨가 놀라 깨기를 기다렸는데 용케 쓰윽 문지르고 주무시기 일쑤였다.

인심 좋고 솜씨 좋으셨던 엄마가 수많은 날 오가는 이들에게 밥상을 차려드리며 쌓아 둔 공과 덕이 모여 우리 형제들이 오늘날 이만큼 잘 살고 있는 것 같다. 어려운 시절에 힘드셨을 텐데 뚝딱뚝딱 음식을 만들어 오가는 사람들까지 대접했던 우리 엄마는 생각할수록 대단하고 유능한 요리사였다.

가정교육

중학교 다닐 때까지는 엄마의 잔소리가 참 싫었다.

"품위 없게 말을 왜 그리 빨리하니? 누가 쫓아 오니?"

"걸음 걸을 때는 어깨를 쫙 펴고 무릎을 붙이며 걸어라. 주먹은 살짝 쥐고"

"절약과 경제관념을 어려서부터 가져야지 낭비하면 평생 살림이 엉망 될 수 있어"

"쓰고 난 물건은 꼭 제자리에 두어라"

"인사를 잘 해야 성공한다"

엄마의 끝없는 잔소리 덕분에 우리 6남매는 동네 사람들에게 늘 칭찬을 받긴 했는데 그 엄마에 그 딸이라고 그때 그 지겨웠던 잔소리를 나도 아이들 키우며 꽤 한 것 같아서 아들들한테 미안하다.

오늘날 내가 항상 바르게 살기에 힘쓰며 알뜰하게 살림

하고 정리 정돈 여왕이 된 것은 엄마의 지속적인 가정교육 덕분인 것 같다. 부족한 점도 있었지만, 우리 아들들에게도 나를 통해 외할머니의 철저한 생활신조들을 잘 물려준 것 같아 한편으로는 안심이 된다. 내 손주들도 할아버지 할머니와 부모의 정신을 이어받아 좋은 습관 바른 자세로 성공하는 삶을 살았으면 좋겠다.

서울사람

　초등학교 다닐 때는 언니가 사는 서울이 얼마나 가고 싶었는지 모른다.

　서울사람들은 머리에 꽃을 달고 하얀 얼굴에 뾰족구두를 신은 멋쟁이들만 살고 있을 것 같았다. 13살 때 서울 가고 싶다고 부모님께 2박 3일 단식투쟁을 벌여 겨우 서울 가는 기차를 탔는데 얼마나 설레고 긴장이 되는지 온몸에 힘을 빡 주고 오줌을 꾹꾹 참으며 창밖의 풍경을 정신없이 보다 서울역에 내렸다.

　말로만 듣던 서울은 붐비는 사람들로 가득했고 차가 많아도 많아도 어찌 그리 많은지 부딪힐 듯 아슬아슬하게 지나가는데 올려다보니까 이번엔 건물에 붙은 휘황찬란한 네온사인이 모두 내게로 쓰러질 것 같았다.

　마중 나온 언니의 손을 꼭 잡고 버스를 탔는데 아뿔싸

엄청나게 멀미를 해 옆에 앉은 신사의 옷에 소화도 안 된 밥알이 수북하게 쏟아져 나왔다. 나는 울렁거려 정신이 없었고 언니가 시골에서 처음 온 동생인데 이렇게 멀미할 줄은 몰랐다며 계속 미안하다고 신사에게 양해를 구하며 밥알을 털어내니 괜찮으니 걱정 마라고 안심시켜 주었다.

서울사람은 머리에 꽃을 달고 다니는 게 아니라 마음에 꽃을 달고 다니는 착한 사람들이라는 생각이 들며 나도 조금 안심이 되어 다음 날은 남산에 올라가 서울 구경을 하고 또 다음 날은 임금님들이 사셨다는 덕수궁과 경복궁을 구경하며 서울사람들처럼 다녔다.

이제 서울이 제2의 고향이 되었고 요즘도 서울역에 가면 처음 서울에 오던 그 날이 생각난다.

누군가 서울에 처음 오는 이를 만나면 나도 따뜻하게 길 안내도 해주고 정겨운 인사를 나누고 싶다.

어머니의 외출

내가 초등학교 3학년 때쯤 엄마는 오후가 되면 예쁘게 한복을 입고 동네 친구 한두 분과 어딘가 가시곤 했다. 어느 날 나도 따라가고 싶다고 했고 언덕배기의 그 집엔 열 명 이상의 동네 아줌마들이 모여 장구 장단에 맞추어 한국무용을 배우고 계셨다.

우리만 낳아 기르시고 집안 살림밖에 모르던 엄마의 화려한 나들이에 나는 무용수업이 끝날 때까지 춤추는 엄마를 낯설게 바라보다 그 집의 언니들이랑 놀다 오곤 했다.

그 날 들은 선생님의 추임새 소리와 그 날 들은 장구 가락은 수십 년이 지나도 기억에 생생해 내가 관심을 두고 배웠던 장구 리듬의 기초가 되었고 어릴 적에 들었던 그 가락을 다 기억할 수 있음이 놀라웠다.

한복을 입고 선녀처럼 춤추던 엄마를 닮아 내가 한국무용을 하고 싶어 했고 예술적인 재능을 물려받아 장구를 치며 드디어는 한국무용 선생님을 할 수 있었던 것 같다.

서울로 이사 준비

중학교를 졸업 할 무렵 고등학교는 무조건 서울로 가고 싶었다.

엄마랑 아버지는 부모와 함께 살며 공부하는 게 최고라고 하셨지만, 서울 가서 공부 많이 하고 훌륭한 사람이 되고 싶다고 며칠간 떼를 써서 서울로 오던 날, 엄마는 나더러 옷 가방은 챙겼으니 네가 꼭 가져가고 싶은 한 가지를 더 챙기라고 해서 오빠가 독일에서 사다 준 기타를 옆구리에 끼고 기차에 올랐다.

그날 나는 서울 학생이 된다는 설렘으로 가슴이 벅차 옷 가방이랑 내 보따리들이 무거운 줄도 몰랐고 엄마는 당분간 이모 집에서 살며 먹을 김치 단지까지 들고 영등포역에서 도림동 이모네 집까지 오시며 쩔쩔매셨던 생각이 난다. 얼마나 힘드셨을까….

그 후로 까다로운 성미의 이모 집에서 고등학교에 다니며 살아가는 일이 쉽지 않음을 처음 깨달았지만, 서울에서 뿌리를 내리고 자리를 잡아 성공하려고 무지 애를 썼다. 어렵게 고등학교에 다니는 걸 보며 아무래도 이번 기회에 서울로 이사를 해야겠다고 엄마는 드디어 집을 알아보기 시작했다. 이모네 집이 도림동 성당 바로 밑이었고 신도림동 다리를 건너 연탄 공장 옆 분홍 기와집이 빈집으로 나와 있었고 이모네 집에서 청소 도구를 갖다가 엄마랑 청소하고 도배까지 했더니 우리 식구들의 서울집으로 멋지게 탄생했다.

시골집의 짐들을 정리해서 가져오겠다고 내려가신 엄마는 며칠 후 이사를 못 할 것 같다는 소식을 전해왔다. 건강이 안 좋으셨던 아버지가 막상 이사하려니 고향을 떠나기 싫다고 하시며 건강이 악화되면 어쩌냐고 엄마랑 다투고 계시고 가까이 사시던 사촌 오빠들까지 이사를 반대하셔서 묶어놨던 이삿짐들을 다시 풀고 서울 그 집 계약을 취소함으로 이사는 실패했다.

엄마가 어렵게 판단하셨던 대로 그때 서울로 이사했다면 너무 좋았을 텐데 두고두고 아쉬웠다.

어머니의 노트

엄마는 평생 가계부를 쓰셨다. 가계부 구석구석엔 그날의 중요한 일들이 메모 되어있어서 가계부를 열면 그날 무슨 일이 있었는지 다 알 수가 있었다.

'큰딸이 서울에서 온 날'
'남편이 화장실에서 쓰러진 날'
'친정엄마가 아파 속상하다'
'30만 원짜리 계 타서 애들 학비 다 보냄'
'옆집 여자 내 돈 떼먹고 도망간 날'
'무릎이 너무 쑤시고 아픈 날'

눈발이 슬프게 내리고 엄마가 남기신 평생 살림을 정리한다고 형제들이 모여 바빴던 날, 나는 한쪽에 서서 엄마의 노트를 읽으며 울고 있었다.

유품들을 정리하며 그 가계부가 엄마의 일기장 이상 소중하게 생각되었지만 평생 쓰신 노트들이라 양이 너무 많고 무거워 내가 가지고 있을 생각을 못 했으니 내가 얼마나 부족한 딸이었는지 엄마께 미안하고 너무 죄스럽다.

나는 가계부를 쓰지는 않는다. 빤한 지출 목록을 다 외울 수 있으니 달력의 공간에 매달 적어두고 일별 칸에는 엄마처럼 그 날의 중요한 메모를 남겨서 지난날의 자료로 보관하였고 어느새 나의 노트도 10권이 훨씬 넘는다.

나의 이 기록 정신은 부모님으로부터 배웠고 물려받은 것이다. 쓰고 다시 읽으며 나의 지난날도 찾을 수 있으니 중요 사항을 기록하는 습관을 앞으로도 이어가려 한다.

훗날 내가 이 세상에 없더라도 우리 아들들이 어머니의 노트를 펴 보면 그때의 어머니를 교훈 삼아 더 열심히 살 수 있을 테니 내 어머니의 좋은 습관을 우리 아들들과 손주들에게도 전통으로 물려주고 싶다.

남편과의 첫 만남

83년 연말 동생이 누나도 결혼해야 하는데 이지적이고 멋진 선배를 소개 할 테니 한번 만나 보라고 해서 종로에 나가 처음 남편을 만났다. 적당한 키에 웃는 모습이 귀엽고 순수해 보이는 해군 대위인데 여자같이 곱상한 얼굴이 착해 보였다. 막상 군인을 만나고 보니 나는 아무래도 군인의 아내로는 부적합인 것 같아서 다른 약속이 있는데 동생이 오늘 약속을 잡은 거라며 다른 데 가 봐야 한다고 일어났고 김 대위가 함께 데려다주겠다고 따라 오는 바람에 명동을 빙글빙글 돌았다.

사실 다른 약속이 있었던 건 아니었기에 결국 김 대위랑 집으로 오는 전철을 탔고 잠실 지금 우리 동네에 내렸는데 바로 다음 날 김 대위가 남동생을 만나러 우리 집에 놀러 왔다.

나를 소개한 동생이 아는 누나라고 했는데 집에 온 순간 친누나임을 알게 되었고 냉장고의 만두와 돈가스를 꺼내서 함께 점심을 먹고 헤어졌다.

그는 다음 날 다시 진해로 내려갔고 그해 여름 서울로 훈련을 오게 되어 쉬는 날엔 유치원 퇴근 시간마다 우리 유치원으로 찾아와 선생님들의 마음을 단체로 설레게 했고 1년 후 나의 남편이 되었다.

군인 가족은 수입이 많지도 않고 이사를 많이 하며 고생 고생 살아야 하는데 괜찮겠냐고 다그치며 걱정하시던 엄마를 생각하며 24번 이사하고 전역할 때까지 지지고 볶고 악착같이 열심히 살았다.

쌍둥이 출산

결혼할 때는 그만두기 아까운 직장생활을 더 하고 싶었는데 결혼 5개월 만에 뱃속에 새 생명이 생겼다. 중학교 가정 시간에 임신과 출산에 관한 공부는 했지만 내가 임신을 했다는 것은 놀라움이자 부끄러움이었다.

직장을 그만두고 남편의 근무지인 진해로 이사 가서 남편을 기다리며 책을 읽고 음악도 듣고 피아노도 치며 역겨운 입덧과 힘든 시간을 보내는데 남편의 장기 출장은 왜 그렇게 긴지 혼자 구역질하다가 늘어져서 그 자리에 잠이 들기도 했었다.

몇 개월 만에 만삭의 몸으로 목포로 이사를 했고 짐의 일부를 싣고 추자도까지 갔다가 또 제주도에서 비행기를 타고 서울로 가 힘들게 아들 쌍둥이를 낳았고 제일 먼저 달려오신 친정엄마가 회복실에서 나오는 내게 수고했다고 머리를 쓰다듬어 주시는데 6남매를 낳아 기르신 엄마 생각에 눈물이 쏟아졌다.

입덧하느라 고생했는데 두 손자를 한꺼번에 얻었다며 아버지와 어머니는 즐겁게 우유병도 삶으시고 기저귀도 빨아 접어 주시고 김이 모락모락 나는 물에 목욕시키시며 손자들의 탄생을 축복해주셨다. 아기를 안고 우유를 먹이시던 아버지의 얼굴은 어느 때보다 평화로워 보였고 행복해 보이셨는데 쌍둥이라 기저귀가 엄청 나서 아침 저녁으로 빨래하시던 엄마에게 너무너무 미안했다.

친정에서 한 달 만에 몸조리를 끝내고 시댁으로 가며 아기들의 첫 나들이를 하던 날, 아기가 재복이 있어야 하니 첫 나들이로 은행에 가자고 하여 아기의 머리를 올백으로 붙이고 은행에 들어서자 직원이 다가와 "무엇을 도와 드릴까요?" 해서 당황했던 기억이 난다. 그래서였을까 두 아들은 은행과 금융권에 첫 취직이 되어 지금까지 잘 다니고 있다.

손자들의 탄생을 그렇게 대견해 하시며 딸의 출산 몸조리에 최선을 다하셨던 부모님은 한참 아이들 키울 때 하

늘로 돌아가셨고 아이들이 어른이 된 지금 내가 그 나이
가 되어 손주들을 보니 그때는 왜 그렇게 내가 철이 없었
을까 그 후에라도 부모님께 두고두고 은혜를 갚을 걸 힘
드셨을 부모님의 생각에 죄스럽기만 하다.

어려운 환경에서 우리를 낳고 기르셨던 부모님의 은혜
는 정말 하늘만큼 넓고 바다보다 깊다.

이제 아이들은 함께 놀아달라고 보채지 않는다

　기어 다니던 아기들이 비틀비틀 일어나서 아장아장 걷다가 잠이 들 때면 항상 지쳐서 잘 때까지 누워서 노래를 부르거나 동화책을 읽어주곤 했다. 아기들이 잠에 빠지면 나도 스르륵 잠이 오지만 얼른 일어나 가게에 가서 아기들에게 필요한 야채나 과일을 사 오고 기저귀를 빨거나 청소를 하는 등 잠시도 쉴 틈이 없었다.

　두 아기가 벗어내는 기저귀만 해도 매일 빨랫줄이 가득했었다. 아기들은 널어놓은 기저귀 사이를 왔다 갔다 하며 숨바꼭질도 하고 "까꿍~까꿍~"장난을 걸거나 재롱을 떨며 나의 곁을 맴돌았다.

　아기가 자라면서 앞으로는 바다와 섬이 보이고 뒤로는 산과 나무가 울창한 아파트로 이사했다. 충분한 자연환경 속에 아기들은 자연의 변화와 곤충들에게 관심이 많아 나가면 각종 꽃씨를 받아오거나 여러 곤충을 데리고 들어와 우리 집은 밤낮으로 곤충이 붕붕 대고 반딧불이가 나는 이상한 집이었다.

아기들이 워낙 좋아하니 베란다에도 아기들이 좋아하는 새와 금붕어, 거북이랑 올챙이와 미꾸라지, 햄스터 가족들을 키워서 아침이면 아기들과 그 녀석들 밥 주기에 바빴다.

그때는 정말 언제 아기들이 자라서 학교에 가고 내가 좀 편해질지 그 날을 기다리곤 했는데 몇 번 소풍 따라 다니고 운동회 몇 번 따라 다니고 세배 몇 번 받았을 뿐인데 아이들의 키가 해바라기보다 커졌다.

이제 아이들은 나랑 놀아 달라고 보채지 않는다. 졸리니까 책 읽어달라고 쫓아다니지도 않고 내 치마꼬리를 잡고 나를 뱅 뱅 돌지도 않는다. 그때는 왜 아기 키우는 때가 제일 행복하다는 걸 몰랐을까 그저 아기들 빨리 자라는 게 제일 행복한 일인 줄 알았는데 아기들과 함께 놀아주지 않아도 되는 지금 그 시절이 참 그립다.

삼시 세끼

남편이 집에서 연구 작업을 하니 하루 세끼를 간소하면서도 영양이 부실하지 않게 챙겨야 한다. 집 앞이 바로 대형 마트고 작은 마트가 몇 개나 되는 데도 하루 세끼가 금방 돌아오니 다음엔 뭐를 만들어 먹어야 하나 걱정이다.

시골에 살면서 거의 농산물뿐인 살림에 엄마는 일생 반찬 걱정이 얼마나 많으셨을까. 그래도 우리 6남매가 늘 맛있게 먹고 배부르게 해주셨으니 엄청 노력하신 것 같다. 특히 엄마표 청국장찌개나 생선찌개, 구수한 된장찌개는 단골 메뉴였으며 무밥, 고구마밥, 콩나물밥이나 시레기밥도 겨울 동치미와 함께 영양 만점이었고 넓은 상에 죽 죽 밀어 호박을 넣고 만들어주신 칼국수는 별미였다. 보름날엔 오곡밥을 추석엔 송편을 동짓날엔 팥죽을 푸짐하게 해서 이웃들까지 나누시는 걸 보며 우리 형제들도 이웃사랑을 배웠었다.

어느 날은 고기반찬을 해주시겠다며 닭볶음탕을 준비하다가 엄마가 잠시 헹굼 물을 가지러 다녀온 사이 도마 위의 닭이 통째로 없어져 실망하고 허망했는데 잠시 후 우리 집 강아지 황구가 엄청 배가 불러 나타났었다. 하하하….

엄마가 78세로 소천 하실 때까지 엄마랑 같이 있는 시간엔 늘 배가 불렀던 생각이 나 나도 아들들 가족이 온다 하면 미리부터 음식을 준비해서 잘 먹이려고 노력을 많이 한다. 아들들과 며느리랑 손주들이 맛있게 먹는 걸 보면 나는 안 먹어도 기분 좋고 배 부르다. 남은 생애 자손들에게 우리 엄마처럼 정성의 밥상을 얼마나 자주 차려 줄 수 있을지 배가 고플 때면 엄마 생각만 해도 훈훈해지는 나도 그런 엄마가 되면 좋겠다.

명절 때나 가족 행사 날마다 큰 상 두 개를 붙여 손주들까지 대식구가 모여 머리를 맞대고 깔깔대며 엄마의 음식들을 먹고 사랑을 쌓았으니 지금도 형제들이 모이면 그 날 그 시간들이 생각나고 엄마의 희생과 사랑을 이야기하곤 한다.

최고의 행운

　생각할수록 여자로 태어나서 아기를 낳아 키울 수 있었던 게 최고의 행운이었다. 결혼을 안 했거나 아기를 안 낳았더라면 내가 세상에 다녀갔던 흔적조차 없을 테니 결혼하길 잘 했고 아이들도 늦지 않게 잘 낳았다.

　"하미헌 씨! 아들 쌍둥이 낳으셨어요~"
　분만 수술실 옆 회복실에서 마취가 깰 무렵 어렴풋이 들리던 그 소리가 일생일대 내가 들은 소식 중 가장 반가운 소식이었다. 아들 귀한 집이니 딸 쌍둥이를 낳으면 아들 낳을 때까지 낳아야 한다고 하셨던 시어머니 생각이나 안심이 되고 감사했다.

　진해에서 쌍둥이를 키우며 1년 넘게 바빠도 젖은 꼭 안고 먹였다. 아기 머리를 쓸어주거나 손을 만지작거리고 이야기 들려주며 젖을 먹였던 일이 여자로서 최고의 추억이 되었고 그 덕분인지 아들들이 따뜻한 성품을 지니게 된 것 같다.

눈이 찔려 피가 나는 아들을 업고 울면서 병원으로 달리던 저녁과 심야에 긴급 상황으로 탈장 수술을 받으며 집에 또 하나 있는 아기를 봐 줄 사람이 없어 함께 입원시켜 고추 포경수술을 해주었던 그 밤은 지금도 선명하고 짠한 추억이다.

성실하고 건강한 군인을 남편으로 선택한 순간부터 아이들을 잘 키우고 가르치고 결혼식을 치르고 손주를 만났던 세월이 너무 쏜살같이 지나니 내게 최고의 행운과 추억을 주었던 그 아기들이 어딘가 있을 것 같고 그 쌍둥이 아기들이 보고 싶다.

엄마는 이쁜데 왜 미스코리아에 안 나갔느냐고 따라다니며 꼬치꼬치 묻던 나의 아기들, 엄마랑 꼭 결혼하고 싶으니 약속해 달라며 새끼손가락 내밀던 그 아기들, 엄마밖에 모르고 나의 완전한 찐 팬이였던 그 아들들과의 인연이 생각할수록 내겐 최고의 행운이다.

나를 여자로 태어나게 해주신 부모님께 감사드린다.

물렁이

어려서부터 너무 여리고 감성적이었던 나를 엄마가 '물렁이'라고 불렀다.

잘 웃고 잘 울고 배려심이 많은 성격 때문에 학교 선생님들께 칭찬도 많이 받고 친구들을 잘 챙겨 착한 어린이 상도 몇 차례 받았지만 살아가면서 많이 힘들었다.

마음이 약하니 신경 쓰이는 게 너무 많아서 때론 잠이 안 오고 소화가 안 되고 가슴이 두근거리거나 머리가 아팠다. 엄마가 걱정하시던 게 그런 것들이겠지만 기질이 센 사람들이 나를 함부로 대할 때도 많았는데 부딪히기보다 거의 내가 참으며 살아왔다. 몸에 독이 될 수 있으니 그러지 말자고 후회하고 다짐한 적도 많았지만 부딪히는 걸 싫어하니 웬만하면 다 참았고 그냥 넘어갔다.

그런데 물렁이 안에도 단단한 심지가 있다는 걸 사람들

은 잘 모른다. 물렁이와 무능함은 다른 것이다. 그 단단한 심지로 공부도 아주 잘 했고 유치원 선생님으로도 인기 있었고 아기들을 잘 키우며 살림도 야무지게 잘 했고 내가 착하다고 함부로 하는 이들을 우습게 보며 바르고 당당하게 내 길을 걸어왔다.

엄마처럼 살지 말라고 부탁하시던 우리 엄마도 겉은 엄청 야무지고 단단한 성격이셨지만 속은 무르고 따뜻함이 가득하셨음을 나는 안다. 몸이 약한 남편 챙기면서 6남매를 다 키워내시고 어미로서 새끼들을 보호하고 힘든 세월 살아오시느라고 센 척하신 것이다.

아직 물렁이는 내 안에 있다. 오늘도 물렁이가 활동해서 이 글을 쓰고 있는 것 같다.

엄마의 장독대

엄마의 장독대는 늘 햇살에 반짝였다.

설거지 끝엔 장독대에 나와 물을 죽 죽 뿌려가며 장독을 닦았기 때문이다.

항아리 속에는 간장과 된장, 소금과 고추장, 여러 가지 젓갈들이 들어있었고 오래 먹을 양념류인 고춧가루나 김치 종류가 골고루 들어있었다.

집에 아무도 없어 심심할 때는 나도 놀이터에 가듯 장독대로 다가가 무거운 뚜껑을 겨우 열고 한참씩 들여다보다가 호기심에 찍어 맛을 보거나 냄새를 맡아보는데 모두 냄새가 비슷해서 재미가 없었다.

비가 오면 장독대에 비가 내리는 모습이 처마 끝에서 내리는 빗소리랑 어울려 음악 소리 같았고 눈이 오면 장독 뚜껑에 가득 쌓여있다가 스르륵 녹는 모양이 대단한 미술작품으로 보였다.

요즘 우리가 냉장고를 아끼고 잘 이용하듯 엄마는 늘 장독들을 소중히 여기며 장독대 주변에는 금잔화와 채송화를 많이 심어 색색깔 꽃이 피는 게 사랑스럽고 귀여웠다.

장독대 바로 옆의 작은 텃밭엔 가지와 호박과 고추를 심었는데 반찬거리로 요긴했고 가지가 열리기 시작하면 늘 내가 눈독을 들이다가 따 먹고 야단맞으면 장독 뒤에 숨어서 울기도 했었다.

요즘 냉장고 두 개로 살림하며 항상 반짝이던 엄마의 음식 창고 장독대를 생각하곤 한다.

엄마는 그 장독 속에 소녀적 꿈까지 보관하셨고 장독을 닦으며 삶의 기쁨, 슬픔, 꿈과 희망까지 닦으셨을 것이다.

2부

아버지와 텃밭

아버지는 한 번 가시면 영영 안 오신다

　어릴 적 우리 집엔 10명 이상이 앉을 수 있는 넓은 마루가 있었다. 그 마루는 동네 사람들의 사랑방이었고 오는 사람 가는 사람 밥해 주느라 엄마는 늘 바쁘셨다.

　마루 한쪽엔 큼직한 뒤주가 있었는데 그 뒤주에 기대어 아버지는 계속 노래를 부르셨다. 요즘 같으면 앞 뒷집에서 진정이 들어오고 난리가 났을 텐데 시골 사람들의 후덕한 인심 덕분인지 평소에 쌓아둔 정이 많아서인지 아버지는 끄떡없이 몇 년 이상 노래를 부르셨다.

　사업을 하시던 아버지는 자주 술을 드시고 퇴근하셨고 우리는 엄마의 눈치를 보거나 인사를 대충 하고는 각자 자기 방으로 들어갔다.

　노래와 풍류를 즐기시던 아버지 때문에 우리 집엔 사물놀이 악기가 다 있었는데 아버지가 노래를 부르시다가 흥

에 겨워 장구와 북을 가지고 나오셔서 나를 부르면 나는
정말 죽음이었다.

"저 장구 칠 줄 모르잖아요. 아버지"
"야, 이놈아! 아무렇게나 네 맘대로 막 치란 말이여 그
럼 소리가 나게 되어있어"
"내일 시험 보는데…."
"시험이 다가 아니여. 시험은 다시 보면 되지만 이 아버
지는 한번 가면 영원히 안 와"

나는 하품을 줄기차게 하거나 눈을 흘겨가며 장구를 쳤고
어느 날부터는 제법 아버지의 노랫가락에 어울리는 가락이
나오기 시작했다. 아버지의 레퍼토리는 끝이 없었고 나는 졸
음을 참아가며 아버지의 술이 빨리 깨기를 기다렸다.
"야~우리 딸이 장구를 참말로 잘 치네. 자~인제 네가
북 치고 내가 장구를 치마 "

어릴 적 내게는 죽을 맛이었지만 요즘 어디선가 아버지
의 레퍼토리가 흘러나오면 아버지 생각이 나 울컥 눈물이
난다. 정말 아버지는 67세에 돌아가시더니 영원히 안 오
시고 이제 나도 아버지처럼 나이가 들어간다.

아버지와 텃밭

    고향 집 뒤뜰에는 아버지가 가꾸시는 과일나무들과 텃밭이 있었고 더운 여름이면 아버지는 일부 채소를 뽑고 그 자리에 큰 멍석을 깔아 주셨다.

    학교에 다녀오면 나는 멍석에 누워 흘러가는 구름을 따라가며 무한한 세계를 꿈꾸거나 책을 쌓아두고 읽고 아카시아 숲을 바라보다 매미 소리에 스르륵 잠이 들기도 했다.

    새벽이면 아버지를 따라 동산에 올랐는데 철 따라 무꽃이랑 쑥갓꽃이랑 부추꽃, 감자꽃이랑 상추꽃까지 피면 어디서 왔는지 노랑나비들이 훨훨 날아와 반가웠다.

    흰색과 보라색으로 꽃을 피워내던 감자, 노오란 꽃잎이

촘촘하던 쑥갓, 날씬한 무꽃은 신비했고 텃밭 주변에 피고 지던 야생화들은 얼마나 사랑스럽게 말을 걸어왔던가.

아버지의 텃밭 주변에는 대추나무와 감나무도 있었고 꽃의 여왕 같았던 복숭아나무랑 살구나무도 있었는데 대추나무에는 빨간 대추가 보석 같았고 복숭아나무 기둥에는 흐물흐물한 진액들이 덩어리져있다가 손가락을 대면 투명한 물감처럼 묻어나는 게 참 신기했다.

늦은 봄이면 비가 올 때마다 감나무의 하얀 꽃들이 와르르 떨어져 있어서 얼마나 마음이 아팠던지 어느 날은 그 꽃들을 모아 감꽃 목걸이를 만들어 엄마도 걸어주고 친구도 걸어주었는데 꽃목걸이를 걸면 모두 행복해 보여서 나도 기분이 좋았다.

아버지는 어느새 텃밭의 열무를 한 아름 뽑아 들고 내려가시거나 내게 상추를 뜯어보라고 하시며 양동이에 물을 담아와 부추랑 쑥갓에 물을 주기도 하셨다.

오랫동안 아파트 베란다에 꽃을 가꾸면서 그 시절에 학교에 다녀오면 동산에 뛰어올라 만났던 아버지의 텃밭이

52

생각날 때가 많았다. 그 이쁜 채소들은 하늘로 돌아가 키가 큰 나무로 다시 태어났을까 아버지가 꽃과 채소와 나무를 좋아하셨기에 아버지가 더욱 그립고 아버지의 텃밭이 그리워 나도 오랫동안 아파트 베란다에 꽃을 키우고 있는지 모른다.

빈자리

아버지가 먼저 가셨을 때는 그 충격이 컸어도 엄마가 계시니 좀 나았는데 엄마까지 안 계시니 힘든 날엔 내가 꼭 고아가 된 것 같다. 형제도 있고 남편도 있고 자식도 있지만 엄마의 자리가 그렇게 클 줄 몰랐다.

너무 속상한 일이 있거나 힘든 날 엄마에게 전화해 목소리를 들으면 위로가 되고 앞으로 나갈 힘을 얻었는데 엄마가 가시고 나니 무조건 내 편이 되어주고 내 등을 다독여주고 내 머리를 쓸어줄 사람은 아무도 없다.

망망대해에 나 홀로 남겨진 것처럼 세상이 텅 빈 것처럼 엄마의 빈 자리는 크기만 하다.

엄마가 너무 보고 싶어 엄마가 사시던 동네에 간 날, 입구 길도 그대로이고 옆집들도 다 그대로이고 가게들이랑 골목도 그대로인데 우리 엄마만 안 계셔서 얼마나 쓸쓸했는지 집 앞에 기다리면 엄마가 꼭 오실 것 같아 골목에 서성대며 오지 못할 엄마를 기다렸다.

그 골목으로 아버지가 먼저 가셨고 우리 엄마가 매일 왔다 갔다 하셔서 그 길은 따뜻했다.

아버지 가신 후 너무 외롭고 쓸쓸하셔서 엄마도 세상살이가 힘 드셨을 텐데 용케 자녀들 편에서 응원해주시고 한 명 한 명 다독거려주시며 자신의 삶을 살아가시느라 얼마나 고단하셨을까.

신이 여러 곳에 머무를 수가 없어서 우리에게 어머니를 보내주셨다는 그 말이 딱 맞는 말씀이다.

동물 가족

우리 집엔 여러 동물이 같이 살았다.

학교에 다녀오면 항상 강아지가 달려와서 꼬리 치며 반가워해 강아지들을 안으며 엄마께 인사를 대충 하고 뒷마당으로 가서 닭들이 난 달걀을 집으면 신기하게 따뜻하고 어떤 계란은 피가 묻어있어서 짠하게 닭을 쳐다보다 들고 오기도 했다.

그 옆에는 토끼들이 사는 나무 토끼장이 있었는데 우리가 뜯어온 풀을 주면 입을 오물거리며 얼마나 맛있게 먹는지 학교에 다녀오느라 쌓였던 피로가 다 가시곤 했다. 토끼가 새끼를 낳은 날은 아버지가 토끼장을 어둡게 감싸 놓고 우리가 가지 않도록 주의를 시키셨는데 너무 궁금해서 참다가 살짝 새끼들을 만지고 오면 엄마 토끼가 아기들을 다 물어 죽이기도 하고 우리가 만지는 걸 아주 싫어해서 순한 토끼가 더 무섭다는 생각을 했다.

집 앞 개울엔 우리 집 오리들이 퐁당퐁당 빠져서 수영하며 놀았다. 이 녀석들이 "꽥~ 꽥~"뒤뚱거리며 집에서 나와 한 마리씩 입수하는 모습은 얼마나 귀여운지 저절로 웃음이 나왔고 목욕을 하며 푸드덕거리는 모습이 우리를 늘 시원하게 했다.

어린 시절 집에 올 때마다 제일 반가워하던 강아지들이랑 내가 뜯어온 풀을 맛나게 먹던 토끼들이랑 따뜻한 계란을 낳았다고 "꼬꼬댁~ 꼬꼬댁~"소리치던 닭들과 뒤뚱거리던 오리들 덕분에 우리 형제들은 착하고 따뜻하게 자란 것 같다.

부모님께서 힘드셨어도 자녀교육을 위해서 집안에 여러 동물을 키워주신 것을 깨달으며 나도 아이들 키울 때, 아파트 베란다에 여러 동물을 키웠다. 새와 금붕어와 거북이도 키우고 이구아나와 햄스터를 키웠는데 햄스터는 두 달에 한 번씩 새끼를 열 마리 이상씩 낳아 우리를 난감하게 했다. 앞 베란다에 햄스터가 수십 마리가 넘어 드디어는 만나는 사람마다 햄스터를 키워보라고 권하고 우리 집에 오는 사람마다 동물 사랑을 강조하며 햄스터를 네 마리씩 강제 분양했다.

우리 아들과 며느리들도 할머니 할아버지와 엄마 아빠의 동물과 함께하는 자녀 사랑법을 이어받아 강아지를 키우고 여러 동물을 사랑하며 살고 손주들은 또 엄마 아빠에게 배운 대로 동식물들을 사랑하며 너그럽게 세상을 살아갔으면 좋겠다.

추억의 골목길

산 밑 우리 집 앞에는 긴 골목길이 있었다. 눈이 오나 비가 오나 새벽마다 아버지가 그 길을 긴 빗자루로 쓰윽 쓰윽 청소를 하셨는데 아침이면 그 길이 학생들로 가득하고 골목에 붙은 우리 집 마당까지 학생들이 웅성대며 학교 가는 소리로 싱그러움이 넘쳤다.

엄마는 6남매의 아침상과 도시락을 준비하시느라 날이 새면 정신없이 바쁘셨고 우리는 엄마가 큼직한 손수건에 야무지게 싸주신 도시락을 들고 그 골목으로 들어갔다. 항상 전체 1등을 하던 우리 오빠는 벌써 저 멀리 앞장 서가고 남동생들과 종알종알 얘기 나누다 보면 골목길에 우리만 남아 학교에 늦을까 봐 달리느라 넘어지고 야단이었다.

그 골목길은 작은 개울물이 흘러 "졸~졸~졸~"소리만 들어도 학교 가는 길이 심심하지 않았다. 소나기가 많이 오는 날엔 친구들이랑 물 위에 신발을 띄워 개구리를 태우

기도 하고 신발 배를 따라 손뼉을 치며 경주시합을 하다 우산이 뒤집히고 옷이 다 젖어 김이 났으며, 비가 많이 오는 날마다 그 개울물에 흙탕물이 넘실대고 옷이나 신발과 비닐봉지랑 각종 종이들과 둥 둥 떠가는 나무 조각이랑 떠밀려온 쓰레기 더미들을 보면 재미있고 속이 후련했다.

시간 가는 줄 모르고 서 있다가 집에서 나를 기다리실 엄마 생각이나 신발의 물을 털며 부지런히 걷던 길, 집에 도착하면 발은 퉁퉁 불어 하얗고 머리에서는 물이 뚝 뚝 떨어졌다.

그런 날마다 엄마는 장독대 주변에 꽃씨를 심거나 뒤뜰에서 자라는 가지나무나 고추나무 익모초 아기똥풀과 상추, 쑥갓과 부추 같은 야채들을 손질하고 풀을 뽑으며 발그스레한 얼굴로 오늘 별일 없었느냐고 묻곤 하셨다. 그때는 몰랐는데 엄마도 비를 참 좋아하셨던 것 같다.

아침이면 엄마는 집 앞에 서서 우리가 안 보일 때까지 손을 흔들다 집으로 들어가셨다. 그 모습이 눈에 선하고 그 생각만으로 가슴이 따뜻해져서 나도 아이들이 집에서 나갈 때마다 문 앞에 나가 손을 흔들며 배웅하며 살아왔고 아이들이 집에 올 때면 엄마처럼 "어서 오너라~" 하며 맞이하게 되었다.

산 밑 우리 집 뒤엔 골목 아이들의 모임 장소인 왕소나무가 있었다. 낮은 산엔 사시사철 들꽃들이 피어나 산에 오를 때마다 우릴 맞이하고 왕소나무엔 동네 아이들이 노는 소리로 늘 웅성거렸다. 나도 왕소나무에 얼굴을 대고 숨바꼭질을 자주 했는데 큼직한 묘 뒤에 숨어 친구가 찾길 기다리다 금방 잠이 들면 꿈속에 꼭 귀신이 나타나서 도망가다 언덕에서 구르고 고추밭에 넘어져 무릎이 다 까졌다.

뒷산의 감나무들은 가을마다 빨간 복주머니 같은 감을 주렁주렁 달고 우리를 불렀다. 언니를 따라 늘어진 감나무를 파고 들어가서 소꿉장 놀이를 할 때나 쑥을 캘 때 스윽~나타나 구불거리는 뱀을 보면 바구니나 칼을 다 내동댕이치고 죽어라 달려 내려왔던 그 골목엔 지금도 동네 아이들이 나와 두런대며 놀고 있을까…. 왕소나무엔 송진 냄새 고약하고 손대면 아직도 송진이 덕 덕 달라붙겠지…. 어릴 적 그 산 밑에서 같이 놀던 친구들도 나처럼 추억의 골목길을 생각하고 왕소나무 꿈을 꾸며 어디선가 늙어가겠지…….

눈 오는 날

어릴 적엔 눈도 엄청 왔는데 그 눈이 다 어디로 갔는지 그 눈이 그립다.

아버지의 눈 치우는 소리에 일어나 문을 열면 장독들은 두툼한 눈 모자를 쓰고 있었고 온 세상이 마법에 걸린 듯 하얀 세상이 되어 어리둥절하지 않았던가.

그 시절엔 눈이 무릎까지 왔어도 학교는 절대 결석하면 안 되는 때였으니 앉았다 일어났다 눈보라가 심해서 눈도 제대로 못 뜨고 이리저리 날아다니며 학교에 도착하는 날도 있었다.

집에 오는 길엔 길목이 유리알처럼 번들거려 미끄러지지 않으려고 살금살금 오다가 용기를 내어 살살 미끄럼을 탔고 누가 다가오면 고래고래 소리를 지르며 안전거리를 유지했다.

어제 온 눈이 수북한데 오늘도 눈이 오고 내일도 눈이

오고 우리는 꽁꽁 언 걸레를 바닥에 내치며 놀고 문고리에 달라붙는 손을 신기해하며 웃을 때 부모님들은 얼마나 걱정이 많았을까.

학교에 다녀오면 계단식 논과 밭에는 동네 아이들이 모여서 비료 포대를 가지고 눈썰매를 타느라 늘 줄을 서 있었다. 겁쟁이인 나는 저만큼 서서 잘 타는 아이들의 환호 소리를 들으며 덩달아 웃거나 손뼉을 치다가 어느 날인가는 용기를 다해 동생 허리를 붙잡고 앉아 눈을 질끈 감고 눈썰매를 탔는데 계단식 밭을 몇 번이나 쿵떡쿵떡 내려오면 입술이 터지기도 했지만 얼마나 재밌는지 또 줄을 서서 이번에는 세 명이 허리를 안고 앉아 타고 다음엔 네 명이 허리를 안고 타며 우리는 단단하게 친해졌다.

도시에 살며 그때 그렇게 탐스럽게 내리던 함박눈이 그립다. 아무리 눈이 많이 와도 손을 호호 불며 골목에 모여 산 중턱까지 함께 올랐던 눈썰매 친구들은 살아가면서 눈처럼 흩어졌다.

서울 언니

　명절이 다가오면 서울에서 공부하고 있는 언니가 선물을 사 가지고 와 차례차례 나누어주며 서울 이야기를 들려주는데 얼마나 신나고 재밌는지 언니가 오는 명절을 온 가족이 손꼽아 기다렸다.

　시골에서 밋밋한 일상을 보내다가 언니가 명절 때마다 찾아오는 게 우리 집 큰 행사여서 부모님도 언니를 맞이하려고 며칠 전부터 집안 대청소를 하고 맛있는 음식을 만들고 손꼽아 기다리다가 지칠 때만큼 멋쟁이 언니가 왔다.

　역에 마중 나갔던 엄마랑 언니가 도착하면 동그랗게 언니를 에워싸고 서울 이야기를 들었다.

　우리 집 외교사절단 언니는 외부와의 작은 통로였고 때론 엄마가 서울 사는 언니에게 다녀오시며 서울 소식을 전해주었고 엄마가 서울 언니에게 불러주는 대로 편지를 받아적으며 서울 생각을 하고 서울 주소로 편지를 부치면서 나도 간절히 서울사람이 되고 싶었다.

어느 날 엄마가 아무래도 아이들을 넓은 서울 가서 잘 키워야겠다고 몇 번 말씀하시더니 나를 서울로 진학시켜 주셨고 천천히 이사 준비를 하셨다.

언니 덕분에 서울을 오 가며 서울로 이사하는 꿈을 갖고 드디어는 짐을 싸서 수십 년 이상 대를 이어가며 살던 삶의 터전을 떠나오는 게 그만큼 힘든 일이라는 것을 깨달으며 내가 낳고 자란 고향을 잊지 말고 도우며 살아야겠다는 생각도 했다. 자식들의 앞날을 위해 고향을 떠나오며 아버지는 얼마나 섭섭하셨을까 정들었던 고향산천을 뒤로하고 나서는 발걸음이 얼마나 무거우셨을까.

소원

　첫눈이 오는 날 아침이면 꼭 엄마가 눈을 뭉쳐 와서 우리 형제들을 모아 놓고 한 덩이씩 주며"첫눈이 오는 날 소원을 빌면 소원이 이루어진대. 새벽이라 밖이 추워서 너희는 못 나가고 엄마가 눈을 뭉쳐왔으니 눈을 먹으며 소원을 빌어봐. 너희들의 소원이 다 이루어질 거야"

　매년 첫눈이 올 때마다 우리 형제는 결단식이나 단합대회를 하는 것처럼 안방에 모여 엄마가 기도하시며 올리셨던 물 세 모금과 눈을 먹으며 소원을 빌었다.

　정월 대보름날엔 보름달을 보면서 우리들의 소원을 같이 빌어주셨고 대보름날 밥상에서도

　"너는 키가 크려면 콩나물 나물을 제일 먼저 먹고 살찌고 싶은 사람은 두부를 먼저 먹고"

　그러시며 우리들의 목표와 꿈을 늘 확인시켜주곤 하셨다.

나는 그 시절 서울로 가서 학교에 다니고 싶다고 빌었는데 그 소박한 꿈을 이루긴 이루었다.

고등학교부터는 서울에서 학교에 다녔으나 부모님의 말씀처럼 서울 생활이 새로운 고생의 시작이기도 했다.

엄마 가신 지 20년이 되어 가지만 첫눈이 온 날은 엄마와 첫눈 먹으며 소원을 빌었던 생각이 난다. 시골에서 평범한 어머니로 살면서도 자녀들에게 큰 꿈을 갖게 하고 보름달이 뜬 날이나 첫눈이 올 때마다 그 꿈을 확인하고 같이 빌어주시던 우리 엄마 덕분에 우리 형제들은 꿈을 갖고 열심히 살 수 있었던 것 같다.

손수건

　엄마의 소지품 가방엔 항상 손수건이 두 장쯤 들어있었다.

　코티분 냄새가 나는 엄마의 손수건을 보면서 자라서인지 나도 꼭 손수건을 갖고 다닌다.

　집을 나서기 전에 가방 속에 몇 장씩 챙겨 나와서 벤치에 깔고 앉거나 화장실에서 손 씻고 휴지 안 쓰기로 지구 살리기 운동도 하고 추울 때는 목 수건으로 몇 장씩 매서 감기 예방도 하니 옷은 안 사도 이쁘고 좋아 보이는 손수건은 자주 사서 남편의 외출 때도 챙겨주고 손주들 목에 감아주기도 한다.

　손수건과 함께 몇 년 전부터는 스카프도 두 장쯤은 갖고 다니며 아주 요긴하게 쓰는데 작은 헝겊 가방에 동그랗게 말아서 보관하면 부피도 작고 외출 때마다 든든한 친구가 된다.

　손수건은 손빨래해서 예쁘게 두드리며 말린 후 향수를 살짝 뿌려 핸드백 안에 두면 쓸 때마다 기분이 참 좋다. 물만 보면 손 씻기 좋아하는 내가 손수건 덕분에 그동안 아낀 휴지가 수십 통 이상일 거라 생각하니 지구 살리기 운동에 일조가 될 것 같아 안심도 되고 엄마한테 물려받은 손수건 사랑과 스카프 사랑을 앞으로도 좋은 습관으로 손주들에게도 물려주어야겠다.

단 한 번만이라도

　결혼식 며칠 전 사진과 소지품을 정리하던 날, 엄마가 "너는 왜 싸가지 없이 가족사진을 버렸냐"라고 야단을 치셨다.

　"무슨? 가족사진은 버린 적 없는데? 어쩌다 한 장 버리는 사진 속에 휩쓸려 갔나 보지. 근데 엄마는 며칠 후면 시집갈 딸한테 싸가지 없다는 게 뭐야? 내가 언제 엄마한테 싸가지없게 산 적은 없는데 엄마도 뭐 특별히 나한테 잘해준 게 있나?"

　"내가 6남매를 똑같이 잘 키우려고 얼마나 고생을 했는데 그게 또 무슨 말이야? 한시도 너희들 누구한테나 소홀한 적이 없다. 너도 시집가서 한번 살아 봐라. 이 엄마가 생각날 거다. 인생이 뭐 뜻대로 되는 줄 아니?"

　엄마께 사과도 못하고 결혼을 했고 잠시 찜찜한 마음으

로 지냈지만 엄마와 딸이라서일까 아무렇지도 않게 지냈
는데 이제라도 엄마를 만날 수 있다면 그날은 결혼을 앞
두고 예민해져서 쓸데없는 말을 했으니 용서해달라고 꼭
말씀드리고 싶다. 그런 생각을 하지도 않았는데 엄마와
정을 뗄 생각을 한 것처럼 내가 왜 그랬을까 엄마가 그 날
얼마나 상처를 받으셨을까 단 한 번이라도 엄마를 만 날
수 있다면 그것 말고도 드릴 말씀이 너무도 많다.

KBS1 '황금연못' 출연

시니어 토크쇼인 '황금연못'에 출연한 지 6년이 지났다.
나의 집과 나의 우물 속에서만 살지 말고 다양한 사회
에 참여하며 여생을 살고 싶어 일하는 맘 반, 호기심 반으
로 시작한 방송 출연은 해보니 적성에 잘 맞고 재미있고
성취감이 높은 활동이라 앞으로도 프로그램이 계속될 때
까지 출연해보려 한다.

출연자들을 보면 나처럼 교육자 출신도 많고 다양한 분
야에서 열심히 살아오신 분들이라 함께하는 시간 동안 배
우는 것도 참 많았다. 한 프로그램을 만들기 위해 방송관
계자 수 십 명의 사람들이 각자의 분야에서 완벽을 기해
만들어지는 걸 체험으로 배우며 녹화하는 4시간 이상을
긴장하고 나도 최선을 다하게 된다.

방송에 나가게 되니 주위에서 인사도 참 많이 받아 그

책임감으로 더욱 바르고 열심히 살게 된다.

TV에 나와 내가 얘기하는 걸 아버지랑 엄마가 보셨다면 우리 딸이 나왔다고 얼마나 좋아하셨을까 '황금연못'의 애시청자가 되셨을 테니 부모님의 자랑거리였을 텐데.

내가 마이크를 잡고 삶을 이야기할 수 있는 건 부모님으로부터 물려받은 밝은 에너지와 이야기 솜씨 덕분이니 우리 부모님의 유전자가 나를 통해서 빛나고 있는 것 같아서 다행이다.

인생을 나처럼 살지 마라

　마흔 살 때쯤 친구가

　"너는 왜 고스톱도 칠 줄 모르니? 살아가는데 그 정도는 할 줄 알아야지 다들 화투 치고 있는데 너만 한쪽에서 책 읽고 있으면 되겠어?"

　"응~알았어, 배워볼게"

　심각하게 들었는데 나 아직도 고스톱을 못 친다. 하면 할 것 같은데 그냥 안 하게 된다.

　"사교댄스를 할 줄 알면 새로운 세상이 열리고 즐겁게 살 수 있으니 배워 봐. 심신의 건강을 유지할 수 있는 것 같아"

　다른 친구가 권유했을 때도 긍정적으로 들었는데 왜 그

런지 참 안 하게 된다고 엄마께 얘기했더니

"너는 나 많이 닮았나 봐. 나도 그렇더라. 근데 너는 인생을 나처럼 살지 마. 안 좋아"
그러셨다.

나는 지금도 정말 딱 엄마처럼 살고 있는 것 같다.
엄마처럼 가정적이고 엄마처럼 꽃을 사랑하고 엄마처럼 일기를 적으며 조용조용 고요함을 좋아하고 산책을 좋아하는 모습이 딱 엄마 닮았다.

엄마가 엄마처럼 살지 말라고 그랬는데 딸은 없지만 내 아들들은 정말 엄마처럼 살지 말고 이 어미보다 훨씬 나은 삶을 살아가면 좋겠다.

선물

    대학 졸업 후 돈을 벌기 시작하면서 제일 먼저 사고 싶었던 것은 전축이었다. 드디어 꿈의 전축을 샀고 갖고 싶었던 음악 LP들을 매달 월급날에 두 장씩 사 와서 턴테이블에 걸고 테이프에 녹음하며 처음 들을 때마다 얼마나 설레고 행복했는지 모른다. 그때부터 모으기 시작한 LP들은 지금도 거실 중앙에서 나의 친구들로 향기를 뿜내고 있다.

    음악과의 인연도 수십 년이 넘었다. 아주 어릴 때는 엄마가 틀어두신 라디오에서 나오는 클래식이 너무 좋았고 고등학생 때부터는 오빠가 사다 준 워크맨에 테이프를 끼워 얼마나 매고 다니며 들었는지 본체가 다 벗겨지고 가죽끈이 너덜너덜해도 소중히 보관했었는데 이사를 많이 하며 분실되었다.

세계 여러 나라 음악가들이 심혈로 만든 음악을 들으면 몇백 년 전에 살았던 그들의 영혼과 세대를 초월한 소통을 하게 되며 곡을 만들던 그들의 고뇌를 느끼고 세종문화회관이나 예술의 전당에서 실황으로 연주를 감상하노라면 일상에서 생기는 스트레스나 잡념들이 시시하게 느껴지고 마음이 편안해진다.

후세를 위해 아름다운 음악을 남기고 하늘의 별이 되신 음악 천재들은 사람이기보다 신이셨다. 그들이 우리에게 물려준 음악 선물을 생각하면 나의 삶도 세상의 어머니들과 내 자손과 누군가에게 작은 선물이라도 되고 싶어 이 글을 쓴다.

아버지와의 이별

　엄마의 극진한 내조와 병시중에도 불구하고 몸이 약하셨던 아버지는 67세에 세상을 뜨셨다.

　병원에서 며칠 못 사신다고 해 친정에 모셔 와 누워 계시는 동안 엄마는 정성을 다하셨고 나는 그 당시 4살 된 쌍둥이를 키우느라 진해에서 마음만 동동대며 결국 돌아가시기 하루 전에 도착해서 언니랑 남동생들과 올케언니와 임종을 함께 했다.

　멀리 사시던 친척들도 다 오시고 일본에서 출장 근무 중이던 오빠도 오고 지인들이 모두 오셔서 아버지를 보내 드리느라 고생이 많았고 장의사들이 와 염 하는 것을 지켜보며 입관할 때는 아버지와의 영영 이별이 너무 슬퍼 충격이 말도 못 했다. 사람이 한세상 살다 떠나가는데 얼마나 많은 이들의 수고가 필요한지 그때 처음 알게 되었다.

아버지의 관이 집을 나서는 순간 엄마는 슬픔에 몸을 가누지 못하고 몇 번을 쓰러져 우셨다.

　엄마가 그렇게 우시는 모습을 보며 효도를 다짐했건만 나 살기 바쁘다는 핑계로 효도를 하지 못하고 후회뿐이니 내가 얼마나 부족하고 못난 딸 이였는지 부모님 영전에 용서를 빌 뿐이다.

엄마의 노트

3부

엄마의 향기

엄마의 향기

엄마에게는 늘 향내가 났다.

얼굴은 늙어도 노인 냄새를 풍기면 안 된다고 향수를 뿌리고 다니셨고 옷장 속에도 향수를 뿌려두셔서 엄마가 다니는 데마다 은은한 향기가 가득했다.

12월 말 눈발이 날리던 날, 엄마의 유품을 정리하면서 옷들과 소지품과 이불에서 엄마의 향내가 풍겨서 엄마가 더욱 그리웠다. 그 향내는 오랫동안 계속되어서 엄마가 보고 싶으면 엄마의 유품들에 코를 박고 엄마 냄새를 맡곤 했다.

손주인 우리 아이들도 할머니 방과 할머니에겐 항상 향기가 나서 좋았다고 한다.

엄마의 향기는 떠나시고 2년쯤 되니 아무리 코를 박고

엄마 냄새를 찾아도 나타나지 않아서 안타까웠다. 엄마의
향기는 철저함과 완벽함의 상징이었으니 그 가르침을 잊
지 않아야 하겠다.

외할머니

우리 외할머니 송수봉 여사님은 충북 출신이시고 우리 손주들 마음에 청결과 지조를 유전자로 주셨다. 외할머니가 보고 싶어 할머니가 생전에 좋아하시던 박하사탕을 사서 삼촌을 따라 외할머니 산소에 가던 날은 햇살이 따뜻하고 새들이 많이 찾아와 외할머니 소식을 전해주는 듯했다.

80대까지 잘 다려진 한복을 주로 입으시며 맵시가 안 난다고 허리띠를 매신 적이 없으셨던 우리 할머니는 참빗으로 곱게 빗은 머리와 단정한 비녀와 언제 봐도 때가 하나도 안 묻은 버선을 신으셨다.

그 어머니를 닮아 우리 엄마도 깔끔한 성품에 우리에게도 늘 남에게 민폐 끼치면 안 되고 거짓말하지 말고 약속을 잘 지키는 사람이 되라고 가르치곤 하셨다.

바르고 꼿꼿하게 사는 인생관은 할머니에서 엄마를 거쳐 내게 내려왔다. 잠시라도 흐트러져 보이는 걸 질색하며 살았으니 나 스스로 지치고 내가 참 피곤할 때가 많았다. 여차하면 긴장성 두통에 시달리고 체하거나 가슴이 통통거리며 잠이 안 왔고 그러셨던 엄마를 이해하게 되었다.

가끔 손녀를 안고 잘 때면 밤이나 새벽에 전철이 지나가는 소리가 들릴 때마다 외할머니 품에서 자던 어린 날 들렸던 기차 소리가 생각난다. 깊은 밤이고 새벽인데 할머니는 왜 그때마다 잠이 깨어 계셨을까 나는 안다. 엄마도 깊은 잠을 못 주무셨고 나도 잠 못 이루는 밤이 많으니 얕은 잠 자는 것도 내림인가 보다.

기차 소리

　우리 집은 산과 붙은 골목길이었고 기차역이 가까워 기차 오 가는 소리를 들으며 지금이 몇 시인지 알 수 있었다. 역전에 나가서 많은 이들이 오가는 모습을 호기심으로 바라보다가 기차를 타면 넓은 세상으로 나갈 수 있다는 걸 알게 된 날, 떼를 쓰고 고집을 피워서 서울에 있는 언니를 만나러 기차를 처음 탔는데 얼마나 설레던지 세상이 다 내 것 같았다.

　중학교를 졸업하고 무조건 고등학교는 서울로 가겠다고 마음먹고 엄마랑 짐 싸서 출발하던 그곳, 그 날 그 시간이 내게 위대한 새 출발점이 되었다.

　부모님의 품을 벗어나 외로운 투쟁을 하며 새 인생을 살게 된 그 날이 없었다면 나는 어찌 되었을까 정읍에서 여고를 졸업하고 공무원 시험을 보고 공무원이 되었거나 읍내 오거리쯤에서 가게를 하고 있지 않을까 선생님을 좋아했고 학교를 좋아했으니 결혼은 선생님과 했겠지 정읍역을 지나칠 때면 그곳을 처음 떠나던 그 날이 생각 나 가슴 저린다.

남편의 보직으로 목포에 살 때는 호남선 열차를 타면 정읍역을 지나다니는 게 참 좋았다.
정읍역에서 내려 살던 골목 집과 뒷산의 왕소나무를 보고 싶었고 학교에 가던 그 길과 서초등학교 운동장을 달려보고 싶었지만 내려 보진 못하고 한번 가야지 가야지 하면서 이날까지 살고 있는데 올해는 꼭 가보려 한다.

정읍역은 그때 그 자리에 새롭게 세워졌지만 기차 타고 지나가는 나를 알아보는 것 같아서 나도 손을 흔들며 지나가곤 한다.

기타와 김치

　서울로 고등학교에 가기 위해 정읍을 떠나던 날, 엄마가 꼭 가지고 가고 싶은 걸 한두 가지 챙기라고 해서 나는 오빠가 사다 준 기타를 챙겼고 엄마는 서울 이모한테 갖다 줄 김치를 작은 항아리에 싸서 영등포역에 내렸다.

　이모네 집은 도림동 성당 밑 분홍 기와집이었는데 영등포역에서 땡땡거리는 기차 건널목을 건너고 골목을 지나 질퍽거리는 길을 한참 지나야 나왔다.

　시골에서 유일하게 챙겨온 내 기타는 유일한 출구였는지 기타를 치며 서울 생활의 어려움을 달래고 서울사람들과 지내면서도 늘 소중한 친구였다.

　유년 시절에서 청소년기로 나를 이어준 기타를 매고 영등포역에서 골목길을 따라 도림동 이모네 가던 날이 얼마

안 된 것 같은데 이모랑 엄마는 하늘에 계시고 나도 할머니가 되었다.

　서울로 오던 날, 짐도 많은데 뭐 하러 하필 기타를 가져가느라고 꾸짖지 않으셨던 우리 엄마 덕분에 기타를 치며 서울 생활이 시작되었고 대학을 졸업할 무렵 사은회에서는 전학생이 참석하는 씽어롱 시간에 기타 반주를 했고 대학 졸업 후 YMCA 봉사활동을 할 때도 요긴하게 연주하며 학생들을 가르쳤다.

　엄마는 그 날 항아리에 담은 김치가 얼마나 무거우셨을까.
　그래도 신선한 시골 김치를 이모에게 주며 딸을 잘 부탁한다는 마음까지 담겨 있었을 테니 이모에게 그 마음까지 잘 전달되었을 것이다.

부녀회장

내가 초등학교 3학년 때 엄마는 마을의 부녀회장으로 봉사하시다가 정읍 부녀회장 임명장을 받아오셨다. 그 날 청록색 저고리를 입고 벅찬 임명장을 우리에게 보여주시는데 엄마가 참 유능하고 멋져 보여 손뼉을 치며 즐거워 했던 생각이 난다.

나도 초등학교 4학년 때 처음 반 부회장이 되었고 이후에도 줄곧 반장이나 부반장을 했고 대학과 대학원에서도 과 대표로 일했던 것은 엄마의 유전자를 우수하게 물려받아서였을 것이다.

우리 아들들에게도 할머니와 어머니의 유전자로 인한 활동이 계속되고 있는지 어디서나 리더가 되고 있는 것 같아 조상님들께 감사드리며 나보다 어려운 이들을 위한 봉사도 계속해주길 당부하곤 한다.

내가 국립극장과 국립국악원에서 오랜 시간 한국무용을 힘들여 배워서 무료로 6년 동안 여성들에게 가르치며 조금씩 나오는 교통비도 사회복지공동모금회에 기부했던 것은 우리 엄마의 봉사 정신을 이어 가기 위함이었으니 우리 아들들도 그 봉사 정신을 이어 가기 바라고 손녀 재인이랑 다인이랑 승준이도 할머니들의 기운을 받아 친구들을 돕고 학교를 돕고 어려운 이들을 도우며 세상의 빛과 소금이 될 것을 믿는다.

성인이 언니

　내가 초등학교 5학년 때 중학교 2학년이던 언니가 하늘나라로 떠났다.

　머리를 다친 후 뇌가 아파 입이 한쪽으로 돌아가서 언니 침 맞는 날마다 내가 늘 한의원에 따라다녔고 전주 예수병원에 몇 달간 입원했다가 집에 온 지 한 달여 만에 세상을 떠나갔다.

　언니가 오래 입원해 있을 동안 내가 아버지를 도와 밥을 해서 동생들과 먹을 밥상을 차리며 언니가 빨리 낫기를 기다렸는데 치료술이 요즘 같지 않았는지 끝내 떠나가고 동네 아저씨들이 멍석에 언니를 말아서 지게에 짊어졌고 천천히 집을 한 바퀴 돌아 어느 산으로 갈 때 엄마가 같이 가게 해달라고 울부짖었던 생각이 난다.

　성인이 언니가 아저씨들의 지게에 올려 떠나고 쑥 향을

피우며 언니를 추모하는데 언니네 학교 반 친구들이 찾아와 언니 방에서 모두 울며 가버린 친구를 애도하던 시간이 지금도 선명하게 생각난다.

성인이 언니는 나랑 3살 차이어서 형제 중에 제일 친했는데 같이 잘 살았으면 얼마나 좋았을까 그때는 언니의 죽음이 무엇인지 잘 몰랐는데 자식을 키워보니 얼마나 큰 일이었고 슬픈 일인지 깨닫게 되었다.

언니가 떠나면서 우리 6남매는 5남매가 되었다.

엄마는 언니의 사진을 지갑에 끼고 다니면서 하루도 안 본 날이 없으시다며 늘 그리워하다가 가셨다. 어린 나이에 아파서 하늘로 가버린 딸을 그리워하며 가슴에 언니를 묻고 평생 아파하셨을 엄마를 생각하면 가슴이 너무 아프다.

14살에 하늘로 떠난 성인이 언니의 명복을 간절히 빈다. 천국에 가면 또 만날 수 있을까?

부부의 힘

아버지가 화장실에서 혈변을 보다 쓰러지셨다.

옆 방 아저씨와 엄마가 재래식 화장실로 달려가서 상체를 안아 세우고 나도 아버지의 다리 한쪽을 잡아 쩔쩔매고 10m이상 떨어진 마루에 눕혔는데 완전히 의식이 없으셨고 얼굴은 샛노랬다.

엄마가 아버지의 혈액순환을 위해서 이마와 손가락을 물었는데 피가 안 난다고 당황해하시며 계속 손발과 팔다리를 주무르셨고 옆 방 아저씨가 달려가서 의사를 모시고 왔다.

아버지는 위에 천공이 생겨서 그랬다는 의사의 진료를 받으며 술을 뚝 끊으셨다.

어머니가 응급조치를 잘해서 의사가 올 때까지 괜찮았다는 말을 들으며 엄마의 용기가 대단하다는 생각을 했다.

내 남편이 그랬다면 그렇게 할 수 있을까 차분하게 남편을 살리신 덕분에 그 후로도 20여 년 더 아버지가 사셨다.

새벽이면 어느새 일어나 쑥을 한 줌씩 캐다가 돌확에 갈아서 주스를 만들어 드리고 미나리나 당근과 같은 야채 주스가 아버지께 약이 될 거라고 자주 갈아 주셨다.

옻나무 닭이나 각종 건강식품을 챙겨 드리고 밥도 늘 아랫목에 묻었다 따뜻하게 드리고 집안에는 가장의 건강이 제일 중요하다고 우리에게도 가르치셨다.

아버지가 돌아가시기 며칠 전에는 동대문 시장에 가서 삼베를 사서 온종일 재봉틀을 돌려 손수 아버지의 수의를 만드셨는데 입관식 때 그 옷이 딱 맞고 어머니의 사랑으로 지은 마지막 아버지의 옷으로 보여서 성스러웠다.

미운 남편이라도 가정의 기둥이고 자녀들의 아버지이니 평생 섬기며 수의까지 힘들게 만들어 입힌 우리 엄마는 대단한 여성이셨다.

풍수 인테리어

　겨울밤 늦게 태어난 나는 사주에 차고 어두운 물기운이 강하여 집안에 환한 꽃 그림을 걸어두고 나무나 화분을 많이 키우면 좋고 전망이 환한 집을 골라 밝고 따뜻하게 꾸며 놓고 살아야 건강하다고 하니 이부자리나 커튼을 바꿀 때도 신경을 쓴다.

　생일이 한겨울이니 될 수 있으면 옷도 따뜻한 색으로 환하게 입어야 좋은 기운을 받고 하는 일도 잘 된다고 해서 옷장에 가득했던 검정 옷들을 밀어두고 요즘엔 들떠 보이지만 환하고 따뜻한 색을 자주 입고 얼굴도 환하게 자주 웃으며 지내려고 노력 중이다.

　동양철학의 음양오행을 기준으로 집안 구석 모퉁이엔 싱싱한 화초를 키우고 어두운 방엔 빨갛게 떠오르는 태양 그림을 걸어두었고 실내에 있던 작은 연못은 물기운을 줄

이느라 없애고 꽃피는 화분들로 거실 한쪽을 꾸몄다. 안방은 노랑 커튼을 치고 작은 방을 빨강 침구를 두고 주방엔 꽃무늬 그릇이나 화분들을 곳곳에 배치해서 살며 가족들의 건강을 기원하고 있다.

사실 전국으로 24번 이사 할 때마다 풍수 인테리어를 참고로 가구를 배치하고 별자리가 황소자리인 남편에게 충성하는 염소자리로 살았지만 지지고 볶고 속병 생기고 난리 직이며 살아왔으니 아는 게 병이고 모르는 게 약일까. 부부 해로하고 자녀교육에 좋고 가화만사성에 도움된다면 무조건 희생했던 내 어머니의 정신이 내게로 흐르고 있으니 그게 어디로 가겠는가.

곽연순 박사님

2001년 나의 대학원 학위 수여식에 엄마가 오셨다.

은색 바지 투피스를 입고 우아한 코사지corsage를 달고 미소를 띠시던 엄마에게 함께 졸업하던 선생님들이 모두 품위 있고 우아하시다는 칭찬을 했고 내가 상을 탈 때는 엄마도 너무 기뻐하셔서 잠시 효도를 한 것 같아 흐뭇했다.

엄마에게 내 학위복을 입혀드리고 석사모까지 씌워드리며 사진을 찍으니 참 잘 어울렸다. 학교 행사를 마치고 남편이 점심을 사드리며 함께 축하하러 와주신 분들과 뒤풀이를 하던 그날 엄마 얼굴이 환하셔서 나도 기분이 좋았다.

대학원 다니는 동안 남편이 대전에 근무하고 있어서 강의 있는 날은 부지런히 서울로 와 친정집에서 엄마랑 같이 자며 5학기를 다녔는데 그동안 수고해주신 엄마랑 졸업식을 함께해서 기뻤고 엄마도 그 날 참 행복해 보였다.

엄마의 권유로 공부를 더 한 일은 내가 중년에 한 일 중 제일 잘한 일이다.

딸에게 꼭 필요한 게 그거란 걸 엄마는 어찌 아셨을까.

엄마의 말씀이 동기부여가 되었으므로 나도 아들들에게 박사학위에 도전하라고 자주 이야기한다. 우리 아들들이 엄마의 권유로 빛나는 중년과 노년을 보낸다면 할머니이신 우리 엄마께서도 참 기뻐하실 것 같다.

놀이터

내가 자주 가는 길은 한강 변과 수도권의 명소나 올림픽공원이나 나무들이 많이 모인 곳이고 충무로와 남산의 4계절과 명동을 크게 한 바퀴 도는 코스다.

엄마는 경동시장 같은 큰 시장을 다니시며 자녀들의 밥상에 대바하셨고 익숙한 환경을 즐기셨던 것 같다. 친구들과 남대문 시장에 구경삼아 다니셨고 마장동 축산물 시장이나 가락동 청과물 시장이 엄마의 즐거운 놀이터였고 성내동 복지관에 다니시며 많은 친구와 시장 상품에 관해 얘기 나누고 노래를 배우고 그 친구들과 봄가을 소풍 다니는 날을 손꼽아 기다리시기도 했다.

손자 손녀들이 온다 하면 식혜를 미리 만들어 냉장고에 시원하게 보관해두셨다가 주셔서 할머니의 식혜와 할머니의 배부른 밥상을 잊지 못하니 엄마의 삶은 힘드셨지만 보람되고 의미 있는 길이셨다.

　나도 어느새 엄마의 그 나이가 되었다.
　엄마가 잠시라도 내 곁에 오실 수 있다면 엄마를 모시고 내 놀이터에 다니며 이쁜 장갑도 사드리고 맛집도 찾아다니며 함께 먹고 예전에 남대문 시장이나 찜질방에 같이 못 가줘서 미안하다고 말씀드리고 싶다.

　지금 내 놀이터에도 엄마의 발자국이 많이 묻어있을 것이다.
　훗날 내가 지나가는 이 길을 나의 아들들과 며느리와 나의 손주들도 지나다니며 엄마와 할머니 생각을 잠시 할 것이다.

라디오 남편

강동역에 내려서 친정집에 들어가면 꼭 라디오 소리가 났다.

엄마가 집에 계신다는 거다.

아버지가 세상 뜨신 후에는 아침에 눈을 뜨면 라디오 먼저 켜시고 하루를 시작하셨고 외출하셨다가도 집에 오시면 라디오 먼저 켜고 옷을 갈아입으셨고 집안일 하실 때도 꼭 라디오를 켜놓고 하셨으니 라디오가 최고의 친구였다.

그런 줄도 모르고 나는 엄마 방에 들어가면 소음이라고 라디오를 팍 꺼버리곤 했다.

엄마랑 도란도란 얘기 나누는 데 방해가 되는 것 같아서였는데 그때마다 엄마는

"얘 봐~너는 하여튼 라디오는 잘 끄더라. 라디오가 웬

103

만한 사람들보다 나아. 배울 것도 많고 함께 하면 의지도 되고 엄마한테는 큰 친구야. 자식들 다 결혼하고 애들 키우고 바쁜데 요즘엔 엄마한테 라디오가 남편이고 효자야"

요즘 우리 언니도 집에서는 꼭 라디오를 들으며 집안일을 하고 운동도 하고 라디오가 친구라고 했다. 사람이 아니어도 무엇인가 친한 친구가 되어줄 수 있다니 다행이다.

부족한 사람보다 라디오가 더 완벽한 친구가 될 수 있으니 얼마나 좋은가.

엄마의 라디오 사랑을 이제야 조금 알 것 같다.

이사보다 하숙

　군인한테 시집가면 이사 많이 한다는 얘길 들었고 각오
하며 결혼은 했지만 아이들 초등학교 4학년 때부터 6학년
때까지는 5번의 전학을 하며 해도 해도 너무한다는 생각
을 했다.

　경남 진해에서 살다가 충남 계룡으로 갔다가 강원도 동
해로 갔다가 다시 진해로 갔다가 서울의 신월동으로 이사
를 하고 초등학교에 전학 신고하러 가던 날, 아들이 걸음
을 멈추고 학교 앞 육교에서 버티며

　"엄마 우리 이제 전학 좀 그만 시켜요. 전학 다니기가
얼마나 힘든지 아세요? 친구도 오래 못 사귀고 공부도 따
라 하기 힘들고 이제 전학은 그만 다닐 테니 엄마 아빠 둘
만 이사하고 우리는 하숙시켜 주세요"

"미안해 하숙은 고등학생부터나 할 수 있지 너희들은 아직 어린이라 안 돼. 근데 아빠는 나라를 지키는 사람이라 전쟁이 나면 목숨을 걸고 싸워야 하는데 너희는 전학도 못 해? 엄마도 이사하기 힘들지만 꾹 참고 하는거야." 하고는 손을 끌다시피 학교에 들어갔다.

몇 개월 후 초등학교를 졸업하고 주변의 중학교에 입학해 반장도 하고 재밌게 공부하다 중학교 2학년이 되면서 전국 학업 성취도 평가 3연패를 했다는 대전의 대덕중학교로 전학을 하게 되었다.

우리 아이들도 평균 90점 이상은 되니 걱정 안 해도 될거다 생각했는데 첫 번째 시험 결과가 나오던 날, 아이들이 시무룩해서 집으로 오더니 화장실에 들어가 나오지를 않아서 무슨 일이 있나 걱정되어 화장실 앞으로 가니 아이들의 우는 소리가 들렸다. 수돗물을 틀어놓고 둘이 울고 있는데 아들들에게 얼마나 미안하고 참참하던지 나도 설거지하는 척 싱크대에 붙어 많이 울었다.

이름 바꾸기

　아름답고 어질게 살라고 '아름다울 美'에 '어질 賢'자로 엄마가 내 이름을 지어 호적에 올리며 한자가 잘못 기재되어 호적 이름은 늘 '美憲'이였고 그 이름은 내 사주에 건강이 안 좋은 이름이라고 해서 작명가에게 '재현'이나 '정희'라는 이름을 지어오셨다.

　친구들과 지인들이 다 '미현'이라고 부르고 있는데 점쟁이 말만 듣고 어색하게 어떻게 이름을 바꾸느냐고 떼를 쓰며 이름을 바꾸지 않고 수십 년 넘게 그대로 쓰다가 건강이 안 좋아지니 덜컥 그 생각이 났다.

　지난 10년 넘게 갱년기 증후군과 헉헉대며 이름을 이제라도 바꾸면 건강이 좀 나으려나 땀도 덜 나고 얼굴 홍조도 덜 하려나 잠도 잘 오고 소화도 좀 잘 되려나 생각하고 또 생각하다 늦었지만 용기를 내어 '在炫'이라는 이름으로 개명했다.

새 이름은 '있을 在'자에 '밝을 炫'이니 어색하지만 '하재현河在炫'으로 불러주시면 좋겠다.

이쁜 여자 이름에서 남자 같은 미운 이름으로 왜 바꾸느냐고 묻는 사람이 있었는데 이 글로 이름에 관한 사연을 말씀드리며 새 이름을 하늘에 계신 부모님께서 제일 좋아하실 것 같아 후련하다.

딸이지만 더 좋은 이름을 지어주고 싶었던 부모님의 마음을 이제야 알 것 같다.

셋째 딸을 낳고 아름답고 어질게 살라고 지어주신 이름대로 남은 삶은 더욱 밝고 아름답게 마무리하려 한다.

바느질

　나는 요즘도 심란할 때는 바느질 상자를 가져와 바느질을 한다.

　흔들리는 단추를 단단히 달고 타진 바짓단을 꿰매거나 구멍 난 양말을 정리하다 보면 엄마랑 둘이 식구들의 양말을 모아 꿰매던 생각이 난다. 전구에 양말을 입혀 구멍 뚫린 부분을 막으며 엄마와 이 얘기 저 얘기 하다 보면 하루해가 금방 갔다.

　고등학교를 서울로 오면서 엄마와의 바느질은 중단되었지만 결혼 이후에도 심란할 때는 바느질함을 열고 바느질을 했다. 예쁜 단추를 앞치마에 달기도 하고 레이스를 양산에 붙여 이쁘게 만들기도 하고 겨울이 올 때면 남편과 아들들의 코트 단추를 튼튼하게 달아주는데 그때마다 엄마 생각이 많이 난다.

시대가 많이 바뀌고 있지만 어머니가 차분하게 바느질도 하고 꽃도 가꾸고 집안을 잘 지키면 가족들이 다 편안해지니 바느질하고 다림질하고 쓸고 닦는 일을 귀찮아하지 말라는 엄마의 목소리가 바느질할 때마다 귀에 들리는 것 같다.

4부

어머니의 마일리지

비나이다

엄마는 매월 음력 초 사흗날이면 껌껌할 때 일어나 작은 시루에 노란 시루떡을 쪄서 상에 물 사발과 올려놓고 두 손바닥을 비비며 기도를 하곤 하셨다.

아직 동이 트기 전이고 우리가 자고 있는 머리 위에서 기도하시는 내용은 항상 똑같거나 비슷했다.

"비나이다 비나이다, 우리 집 대주의 건강을 비나이다. 아이들 커서 결혼 다 할 때까지 건강히 사시길 비나이다. 서울 가 있는 우리 큰 딸 안전하고 건강하게 잘 지켜 주시고 우리 집 6남매 어디 가서 뭘 하더라도 모두 건강하고 남들에게 모범이 되는 아이들로 키워주시길 비나이다. 감기 고뿔도 하지 않고 모두 건강하게 지켜 주시길 간절히 비나이다."

매달 초 사흘마다 성실히 기도를 올리신 덕분인지 우리 6남매는 할머니 할아버지가 될 때까지 모범적이고 건강한 편이고 지금도 그 기도의 덕으로 잘 살고 있는 것 같다.

시골에 사는 평범한 아낙네의 모성애 짙은 기도 소리를 매달 들으며 우리 집안의 조상님들께서 응답으로 우리에게 축복을 가득 주신 것 같은데 공을 들이는데 몸 바쳐 다 타버린 촛불처럼 어머니는 일찍 떠나셨다.

여성인력개발센터 강사

　2002년부터 시작한 '여성인력개발센터 강의'는 10년간 내가 가장 재밌게 집중하며 했던 활동이었다. 서울에 살면서 시작했던 일을 대전과 목포 다시 계룡에 살다가 서울로 이사 할 때까지 장거리를 다니며 계속했는데 그 이유는 그 일이 너무 좋고 누구한테 내 자리를 뺏기기 싫어서였다.

　신나게 일하고 학생들에게 인기 강사가 되니까 학생들의 강의 평가도 좋았고 수업을 마치고 나오면 다른 회사 대표가 강의 섭외하러 와서 복도에 기다리기도 했고 여기저기서 강의 섭외 전화가 오기도 했는데 남편이 군인이라 집이 너무 멀다는 걸 아무도 몰랐다.

　일주일 강의할 옷들과 구두랑 강의 자료들을 차에 싣고 전사가 총알을 장전하듯 운전 중 들을 음악 CD들을 주르

릏 끼우고 목포에서 서울까지 달리다 보면 여름엔 소나기가 몇 차례 퍼붓기도 하고 목장에 풀 뜯는 소 떼들 보며 평화롭다가 용인을 지나 서울 입구에서는 차가 밀려 음악에 집중하며 마음을 달래기도 했다.

엄마가 살아계시면 서울에서 엄마랑 편히 자고 강의에 나갔을 텐데 민폐 끼치는 걸 제일 싫어하는 내가 그만큼 열정을 다해 집중했던 강사 생활은 생애 최고의 보람이었고 5대 버킷리스트 중 하나의 완성이었다.

편도 360Km 이상씩 되는 장거리 다니며 미친 듯이 일했던 것만큼 전국에 있는 그 많은 제자가 모두 열심히 일해주면 좋겠다.

다 지나간다

뭐든지 때가 있다.

아이들이 5살 되면서 처녀 때 배웠던 테니스를 다시 레슨 받으며 삶이 즐거웠고 그동안 했던 이사와 육아의 스트레스를 잊을 수 있었다. 쌍둥이 아들의 손을 양쪽으로 잡고 어깨엔 테니스 라켓을 짊어지고 버스를 타고 열 정거장쯤 가면 테니스코트가 나왔다. 내가 테니스를 치는 동안 아이들은 주위의 자연 속에서 솔방울을 줍거나 들꽃이랑 곤충 구경을 하고 때론 테니스코트에 그림을 그리거나 애쓰고 다져놓은 테니스코트를 널따랗게 파 놓는 바람에 난감한 적도 있었지만 꾸준히 아이들을 데리고 다닐 수밖에 없었다.

한동안은 수영이 그렇게 좋을 수가 없었다.

그때는 1300m 이상을 터닝하면서 매일 수영을 해야지 하루만 안 해도 몸이 근질근질 했다. 물에 몸을 맡기고 나아가면 좋은 영감도 많이 떠올랐고 침대에 누운 것보다 더 편안하니 순간순간 몸이 변화되는 듯해 물에서 나가고 싶지 않았다. 수영이 재미있고 신나니 실력이 쑤욱 늘고 어디 나가 수영하면 수영선수냐고 묻는 사람도 있어 수영장 가는 게 더 즐거웠다.

골프를 칠 때는 점수보다는 코스의 풍경에 정신이 팔려 맨날 꼴등을 했다. 그래도 아침 잠 많은 내가 새벽 3시에도 일어나 운동 갈 준비를 하고 서울에서 출발해 평택이나 서산이나 청주까지도 나가 골프를 쳤는데 한여름에는 땀이 너무 나서 소금을 먹어가며 버텼다. 그때는 기회만 되면 골프 코스에 나가서 푸른 초원에 철 따라 피고 지는 꽃들과 기품있는 나무들을 보고 싶었다.

왼쪽 무릎을 다쳐 테니스를 중단하고 오십견과 회전근 개파열이 같이 와 골프도 쉬고 이명과 이석증을 치료받으면서 어지러워 수영도 하지 못하는 지금, 모든 것은 다 지나가는 길이라는 말이 생각난다. 할 수 있을 때 뭐든지 집중하여 일하고 운동할 수 있음이 축복인 것 같다. 그때는 왜 그걸 몰랐을까, 다 쏜살같이 지나가는 길이란 걸.

새롭게 바꿔보기

　동작문화원에서 장구를 배우다가 백일장대회를 주최한다는 포스터를 보고 대회장에 나갔는데 몇 년간 입상해서 상금도 받고 신문에 내 글이 나고 책에도 내 글이 실려 기분 좋았다. 집순이라서 하나밖에 모르고 하는 일만 잘하던 내가 백일장대회를 통해 앉아서 생각만 하지 말고 뭐든지 일어나 하면 된다는 걸 깨달았다.

　입상했던 글 중에 '오늘은 장구 치러 가는 날입니다'는 단조로운 일상에 있다가 장구에 재미를 붙여 장구 배우는 월요일을 기다리는 마음을 적었고 '새롭게 바꿔보기'는 항상 같은 길, 같은 방식이 아닌 새로움을 추구해보자는 글인데 반응이 참 좋았다.

　평범한 일상에 새로움을 불어 넣는 노력은 지금도 계속하는데 나이 들어갈수록 만족도가 높다.

길을 나서도 어제 간 길이 아닌 새로운 길을 시도하고 쇼핑을 할 때도 인터넷 쇼핑이나 TV 홈쇼핑 같은 새로운 방식으로도 해보고 새로운 시장을 찾아가 구석구석 구경도 하며 일상에 새로움을 첨부하니 생활의 반경이 훨씬 넓어졌고 특히 걷지 않은 길은 생소함이 좋았고 집순이인 내가 좀 똘똘해진 것 같다.

새로운 길 위에서 나는 잊었던 나와 조우했고 이웃들의 아픔도 함께했고 스쳐 가는 이들을 칭찬하며 더불어 잘 살아야 함을 배웠다. 당연히 내 곁에 있는 것들의 소중함을 새로운 길 위에서 깨달았고 내가 자연 일부분이라 생각되어 욕심을 많이 버리니 자유스러워졌다. 나도 언젠가는 길 위의 바람처럼 햇살처럼 흐르는 물처럼 훨훨 날아오르지 않을까.

남의 일은 없다

　강아지랑 산책하고 집 앞에 왔는데 갑자기 어지럽고 울렁거리더니 눈앞이 빙글빙글 돌아 겨우 집에 들어와 더듬더듬 벽을 잡고 침대에 누웠는데 천정도 뱅 뱅 돌고 눈을 뜨면 더 어지러워 꼼짝할 수가 없었다.

　몸부림치다가 남편을 불러도 대답이 없었다. 남편 방에서 이어폰을 끼고 노래를 듣고 있어서 아무 소리도 못 들었다 하니 같은 집안에서 사람 죽어도 모르겠다는 생각이 들었다.

　119가 생각나 병원에 좀 데려다 달라고 전화했더니 10분도 안 되어 우리 집에 도착해서 계속 토하며 거의 의식이 없던 나를 병원 응급실에 데려다주어 여러 검사 끝에 이석증 진단을 받고 몇 시간 치료를 받은 후 집으로 돌아왔다.

TV에서 119대원들 수고하는 장면을 본 적은 있지만 내가 환자가 되어 사이렌을 울리며 구급차를 타고 갈 줄 상상도 못 했는데 세상에 진짜 남의 일은 없나 보다.

앰뷸런스 안에서 응급실에 도착할 때까지도 이런저런 검사를 하며 의식을 잃지 않게 해주시고 진심으로 최선을 다하시던 119 구급대원들이 얼마나 믿음직하고 고마운지 한 명 한 명의 생명을 매 순간 구하는 그들에게 늘 건강과 행운이 함께 하기를 기원한다.

어머니의 마일리지

　고속도로 운전 중 터널 근처에 차들이 밀려있어서 나도 급정차를 했는데 뒤에 오던 차가 내 차를 뺑~들이받았다. 그 소리가 얼마나 컸는지 깜짝 놀라고 몸이 휘청하며 정신이 없었다.

　아니 남의 차를 받았으면 나와서 미안하다고 말을 하든지 달려 나와야지 무슨 이런 사람이 다 있나 문을 열고 뒤차로 갔는데 30대 후반의 젊은 사람이 운전 중이었고 뒷자리에는 젖먹이 아기를 안은 아내와 4살쯤 되는 여자 아기가 울고 있다가 내가 얼굴을 보이니 큰 소리로

　"우리 아빠 차 꽝 부딪혔어요. 엉~엉~ 깜짝 놀랐어요. 엉~엉~"
　큰 소리로 울며 나에게 도와달라는 눈빛을 보냈다.

젊은 아빠는 아기들이 다치지 않았나 살피느라 내 차로 오지 못 했던 것이다. 낡디 낡은 소형차에 아기 둘과 아내를 태우고 가던 중 앞에 서 있던 내 차를 못 보진 않았을 텐데 아기들이 다칠까 봐 급브레이크를 못 밟았나 보다.

화는 났지만 나도 안 다쳤고 차가 찌그러들진 않았기에 꾹 참고 작은 회사 자재과 계장이라는 명함 한 장만 받고 집에 와 자세히 보니 트렁크가 안 열렸고 조용히 수리는 해 왔지만 비만 오면 계속 비가 샜다.

남편한테는 내가 후진하다가 뒤범퍼를 아파트 벽에 세게 박았다고 거짓말을 했고 비 많이 오는 날엔 트렁크 바닥을 닦으며 쓰고 있다.

어느덧 우리 아들들도 가족들을 데리고 고속도로를 자주 다니는데 혹시라도 비슷한 일이 생긴다면 나 같은 사람이 너그럽게 이해하고 잘 보내주리라 믿는다.
이미 그날 내가 하늘에 쌓아둔 어머니의 선행 마일리지가 힘을 낼 테고 선은 선을 부르니까.

복실아 안녕!

 우리 강아지 복실이가 별이 되었다.

 여기 이름을 쓰는 것만으로도 이렇게 가슴 아픈 이별이 될 줄은 몰랐는데 강아지가 떠나면서 남겨 준 사랑과 메시지는 내가 세상 떠날 때까지 잊지 못할 것 같다.

 아니 천국에 가면 복실이가 막 달려와 꼬리 치며 나를 맞아 주고 거기서 또 만날 것을 믿는다.

 남편의 군대 전역과 함께 용산 한강 변으로 이사를 왔을 때 친구가 강아지 한 마리 키워보라며 한 돌 지난 검정 '미니핀'을 선물로 줘서 복실이와의 인연은 시작되었다.

 세상에 얼마나 많은 동물이 있는데 나도 몇 마리 정도는 동물들을 돌봐야 할 것 같다는 생각을 늘 했던 터라 복실이랑 한강 변에서 같이 달리고 숨바꼭질도 하고 토끼풀

목걸이를 걸어주며 행복했고 집에서 게으르게 누워 있으면 나가자고 졸라대서 덕분에 운동도 많이 했다.

모든 것이 순간이듯이 복실이도 14살이 되니 눈이 어두워지고 노루처럼 잘 달리던 체력이 떨어져 겨우 걷고 지난 1년은 집에서 맛있는 거 먹고 햇빛 좋을 때 잠시 나가 걷고 몇 개월은 슬개골 탈구까지 생겨서 고생하다 하늘로 돌아갔다.

복실이는 처음부터 대소변 실수 한번 안 했고 여행을 다녀와도 말썽 한번 피운 적 없이 깔끔하게 살다 엄마 아빠 고생 안 시키고 갈 때도 잠깐 아프고 돌아가서 고맙고 더 잘해주지 못한 것만 생각나 미안하다.

돌아가기 하루 전날 내 품에 안겨서 나를 바라보며 고마워하던 우리 복실이를 영원히 추모하고 싶어서 화장한 후 베란다 큰 화분에 묻었다.

복실아 고맙고 사랑해 잘 가고 또 만나자.

장구쟁이

  결혼 후 23번째 이사를 용산으로 한 후 이삿짐 정리를 마치고 집 앞의 주민센터에서 하는 장구 강좌에 등록했다.
  첫 시간에 장구를 배우고 있는데 선생님이 어디서 많이 쳐본 것 같다며 처음 배우는 게 맞냐고 자꾸 물으셨다.

  내가 자란 마을에서는 정월 대보름날쯤 되면 꼭 농악놀이단이 마을 집마다 들어가서 장독대 부엌 헛간이나 뒤뜰을 돌아 마당에서 차려진 음식을 먹으며 집에 있는 여러 귀신을 달래고 복을 주십사 주문을 외우며 농악을 하는 의식이 있었는데 내 눈에는 얼마나 신기하고 재밌는지 그 농악단을 종일 따라다니곤 했다.
  평소에는 집과 학교밖에 모르다가 농악 소리만 들으면 어깨가 들썩거려 가만히 있지 못했다. 나만 그랬던 게 아니고 동네에 사는 흥이 많은 아이는 모두 나와 춤을 추며 골목을 뛰어다니다가 하나씩 사라지곤 했다.

127

여덟 살 때는 농악단의 꼬리를 따라 얼마나 갔는지 같이 뛰놀던 아이들도 다 가버리고 나 혼자 집을 잃어버린 적이 있었다. 집으로 가는 골목길을 찾느라 울고 있는데 지나가던 할아버지가

"너 왜 그렇게 우느냐?" 물으시며

"아버지 이름이 뭐냐?" 하시더니

"울지마라 네가 산 밑에 하씨네 막내딸이구나 내가 너희 아버지랑 너희 집을 잘 아니 데려다주마" 하시며 우리 집에 데려다주셨다.

그 후로도 지금까지 나는 사물놀이나 농악 소리가 나면 자석에 끌리듯 그쪽으로 달려가서 끝나야 다른 일을 보니 나 어릴 적 내 안에 살던 그분이 용케 아직도 내 안에 계신가보다. 그분이 주민센터 장구반으로 나를 부르셨고 어릴 적 수없이 들었던 그 가락을 치게 하셨던 것 같다.

아버지께서도 그래서 장구를 치셨고 북을 치셨고 나한테도 쳐보라고 그러셨던 것 같다.

우리 아들들도 드럼을 잘 치고 손주들도 리듬감을 타고 난 것 같아 할아버지와 나를 지나 내려오고 있는 집안 내력이 아닌가 한다.

한국무용 강사

　동네에서 장구를 배우다가 너무 재미있어서 문화원의 장구반에도 등록했다.

　먼 거리를 신나게 다니며 장구 치는 재미로 살만큼 장구는 정말 삶의 중요한 의미가 되었다.

　서울에서 장구 좀 친다는 사람들이 많이 모인 상급반에는 중고등학교 특별활동인 장구반 선생님들도 계셨는데 나한테도 국악 지도사 자격증 시험을 봐서 같이 활동하자고 하셨다.

　장구가 너무 재밌다 보니 장구 선생님도 좋겠구나 싶어 장구로 국악 지도사 시험을 준비하고 있을 무렵 우리 동네 주민센터에서 한국무용 강사로 봉사활동을 하시던 한국무용 선생님께서 외국을 자주 다녀서 아무래도 더는 못 하겠으니 한국무용 강사 시험을 먼저 보라고 하셔서 졸지에 한국무용 강사 자격증 시험을 먼저 보게 되었다.

일주일에 3일씩 죽어라 연습을 했는데도 시험 그날 유명한 심사위원들 앞에 서니 다리가 후들거렸지만 막상 무용음악이 시작되니 신들린 것처럼 호남살풀이춤을 잘 추었고 일주일 연수를 받을 때는 80여 명의 지원자 중에 이론시험 만점으로 칭찬을 받으며 자신감을 얻었다. 죽어라 공부하는 끈기가 아직 내게 살아있었다.

사람 팔자 모른다더니 내가 한국무용선생님이 될 줄 누가 알았는가 나도 몰랐지만 내가 한국무용선생님이 되었으니 인생은 계획대로 살기보다 닥치는 대로 사는 게 맞나보다.

코로나가 유행하기 전까지 6년 동안 주민센터에서 한국무용강사를 하며 구청에서 표창장도 받고 우리 반들이 열심히 하다 보니 구청에서 공연도 하고 단체상도 받고 한국무용강사로 버킷리스트였던 사회봉사를 잘 마쳤다.

국립극장 공연

   한국무용 강의를 하다 보니 전공자에 버금가는 실력을 닦아야 할 것 같아 무용 영상도 많이 보고 국립극장 아카데미에 등록해서 입춤을 열심히 배웠고 지도 교수님의 열정과 실력이 따끈하게 전달되도록 학생들한테도 바로 와서 열심히 가르치며 2년을 지나니 입춤 순서가 제대로 전달 되어 보람 있었다.

   오전에는 부지런히 집안일을 하고 오후에는 국립극장 일취월장실에서 무용선생님들과 공연 연습을 해 10월에는 국립극장 무대에서 졸업 공연을 했다.

   국립극장 무대에서 발표공연을 하던 날은 엄청난 무대 화장과 조명 그리고 관객들의 함성과 박수 가운데 남편과 아들과 며느리가 함께 해서 기념 촬영도 멋지게 하고 친구들이 남편과 같이 와서 축하를 함께 해줘 너무 고맙고 기뻤다.

    삶이란 기쁨과 행복에 때론 뜻하지 않는 고통까지도 따르니 평범한 일상에 감사하며 오늘 지금 하는 일들을 잘하고 산이 막힐 때는 힘 내서 넘으면 되는 것 같다.

    나도 그 해, 봄 여름 가을 유방암을 데리고 춤을 추고 집에 오 가며 내가 더 단단해진 것 같다.

    이 글을 읽는 분들께는 제발 불행한 일은 안 생기고 좋은 일들만 함께하시기를 간절히 기원한다.

국립국악원 공연

국악에 관심을 두고 장구를 치다가 국립극장 공연까지 했으니 서초동에 있는 국립국악원 예악당 무대에도 서보고 싶어서 한량무 강좌에 도전했는데 학생들은 벌써 몇 년째 반복 학습을 하고 있어서 익숙하게 잘 했고 신입인 나는 불편하고 힘든 점이 많았다.

하지만 내가 또 누구인가 은근과 끈기로 버티며 살아온 인생이 아니던가.

선수들 사이에서 힘들지만 우직한 소처럼 끝까지 참으며 해보는 것이다.

우리나라 최고의 국악 무대인 국립국악원 예악당 공연은 그렇게 성공적으로 마쳤다.

이매방류 한량무로 졸업 발표하면서 또 하나의 버킷리스트는 달성되었고 가족들의 축하를 받을 때 한국무용 한다고 가족들을 힘들게 하는 것 같아 말 없는 남편과 아들 며느리에게 미안하고 고마웠다.

한량무 반에 다니는 동안은 봄 여름 가을 예술의 전당의 구석구석을 즐기고 남편과 우면산 등산도 하고 서초동 일대를 누비며 미술전람회도 보고 맛있는 것도 먹고 춤추면서 쌓인 스트레스를 풀었다.

무대의 완성을 위해 도포와 갓이랑 버선까지 무용복 일체를 최고로 마련해서 지금도 잘 모시고 있는데 조만간 기회가 오면 갓 쓰고 도포 자락 휘날리며 우리나라 선비들의 한량무를 멋지게 추어 보려 한다.

악몽 같은 열감

  2016년부터 여성호르몬 부족에 따른 홍조 현상과 아랫
배부터 머리끝까지 오는 열감으로 하루 15차례 이상 후
끈거리고 특히 얼굴이 빨갛고 땀이나 힘들고 민망해 어디
나설 수가 없었다.

  땀을 뻘뻘 흘리며 한국무용을 가르치고 4시간에 걸친
KBS1 황금연못 녹화 중에는 더 심했다.
  방송 일이 재밌고 하고 싶긴 한데 녹화 중 몇 차례 열감
이 오르내리니 죽을 지경이었다.
  한약이 좋다 해서 한약을 몇 차례 먹어봤으나 효과 없
었고 우울히 지내다가 나도 그래서 고생하고 있다는 말만
이 좀 위로가 되었다.

  우울증이 오면 어쩌나 열감이 빨리 지나가길 기다리며
힘들 때는 많이 걸었다. 햇빛과 바람 속에서 많이 걷고 늘

름한 나무들 바라보면서 위안을 얻고 흙길이 나오면 살살 뛰면서 잊으려고 노력하고 있다.

제발 빨리 괜찮아지길 기다리는데 강도가 좀 약해졌을 뿐 아직도 나는 후끈후끈 홍순이다.

어제 세상을 뜬 사람도 있는데 살아있음에 감사해야 하는 걸까. 후유~

동경 가족 여행

아들이 4박 5일의 일본 여행을 제안해서 출발하게 된 동경은 오랜만에 외국으로 떠난 가족 여행이라 참 좋았다. 은행 다니면서 이미 4개월의 오사카 파견 근무를 마쳐 일본어 회화가 가능한 아들이 처음부터 도착할 때까지 모든 안내를 다 했고 덕분에 숙소까지 아무 걱정 없이 여행을 마칠 수 있었다.

4박 5일 내내 비가 내리고 태풍이 올라오느라 바람이 심하고 드디어 3일째 날엔 지진이 와 호텔 침대가 좌우로 한참 흔들렸는데 아래층에서 자던 아들들한테 전화가 와 걱정이 덜했다. 해가 있는 시간엔 우에노공원부터 하라주쿠랑 시부야랑 일본의 명소들을 구경하고 저녁때는 호텔 인근에서 따뜻한 사케 한 잔을 마시며 일본의 밤을 구경했는데 일본은 깨끗하고 친절하고 전철 안이 너무 조용해서 남에게 민폐를 안 끼치려고 노력하는 게 인상적이었다.

동경 여행은 아들들이 결혼 전이라 가능했었고 아들들이 결혼하면 함께 하기 어려운 가족 여행이어서 의미 있었다. 선뜻 직장 휴가를 맞추고 출발해준 아들들 고마웠고 오가는 길에 앞장섰던 우리 아들 참 멋졌다.

다녀온 후 한동안은 비가 오면 우산을 쓰고 꼭 일본을 가야 할 것 같았다.

이런 내가 싫다

몇 년 전 중국여행을 갔다가 친구들과 발 마사지를 받으려는데 호텔 안은 6만 원이고 호텔 앞 작은 가게들은 1만 원이라고 쓰여 있어서 친구들과 밖에서 하기로 했다.

가격 차이가 너무 커서 확인서를 쓰고 마사지를 받았는데도 끝나고 나니 무섭게 생긴 사람들이 와 각자 5만 원에다 팁을 따로 달라고 소리를 고래고래 치고 셔터를 내리며 겁을 줘서 문 앞에 서 있던 내가 우리 가이더를 데리고 오겠다고 말하고 바로 앞 호텔로 와 가이더를 찾는 사이 함께 간 친구들도 사색이 되어 호텔로 달려오며 같이 안 있고 왜 먼저 갔냐고 모두 화가 나 있었다.

상대방이 화난 걸 못 견디는 나, 그날도 친구들이 자는 방을 찾아가 기어이 달래주고 해결사로 우리 가이더를 데리고 가려 했다고 또 상황설명을 하고 하여튼 미안하다고 사과했는데 결국 욕을 먹은 것 같아서 밤새 잠을 못 잤고 다음 날 다른 친구들은 아무렇지 않게 밥도 잘 먹고 구경 도 잘 하던데 나는 꽉 체해서 집에 올 때까지 음식도 못 먹 고 기분이 안 좋았다.

누가 화나든 말든 신경 안 쓰고 밥도 잘 먹고 잠도 잘 자 는 사람들은 얼마나 좋을까 나는 나의 이런 성격이 등신 같고 정말 싫다.

5부

손주의 등장

다이아몬드 반지

　남편과 외출을 하려고 반지 함을 여는 순간 깜짝 놀랐다.

　가난한 시댁에서 목돈 들여 해주신 결혼반지의 보석 다이아몬드가 쏙 빠져 없어서 철렁하고 얼마나 허망하던지 소리를 지르다 남편이 들을까 봐 가슴을 조였다.

　도대체 어디서 빠진 걸까?

　누구라도 주워서 반지나 목걸이로 만들어 쓰면 좋겠는데 손 씻을 때 하수도를 따라갔거나 손 닦을 때 휴지에 빠져 쓰레기에 파묻혔다면 얼마나 아까운가.

　한동안 찜찜하고 기분이 안 좋다가 결혼식 날의 순결하고 아름다웠던 약속을 되새기며 큰맘 먹고 다시 보석을 끼웠다.

결혼 후 다사다난했던 불편한 일들은 다이아몬드와 함께 날아가 버렸다 생각하고 이제 행복한 일만 남았고 이 반지는 내 안에서 나와의 새로운 다짐이고 소중한 결혼 약속으로 영원히 빛나기를 소망한다.

하여튼

얼마 전 한창 자고 있는데 "쿵~" 소리가 나 일어나보니 옷을 가득 걸어둔 행거가 무너져 있었다. 자다가 놀란 강아지도 으르렁거리고 남편이 안 입는 옷 좀 갖다 버리지 얼마나 무거우면 무너졌겠느냐고 야단이었다.

그대로 두고는 잠이 안 올 것 같아 심야에 행거를 다시 세우고 옷을 거는데 무슨 옷이 그렇게 많은지 앞으로는 절대 옷 사지 말아야지 하다가 이 옷들을 사며 힘든 일들을 잊고 마음을 풀며 살았던 게 생각났다. 이런 것들이라도 안 샀으면 내 얼굴이 폭삭 늙었거나 내 몸이 가루가 되어 어느 산속에 누워 있을지도 모르니 무너져 있는 내 옷들이 알고 보면 내 인생에 숨은 공로자들이다.

그렇긴 해도 엄마가 세상을 뜨시고 우리 형제들이 모여 엄마의 옷들을 정리했던 날처럼 내가 가고 나면 우리 아들들과 며느리들이 커다란 봉투에 담으며 '무슨 옷이 이렇게 많은가'할 텐데 그 날 너무 힘들지 않을 만큼 기부도 하고 정리하며 내 인생 숨은 공로자들과 잘 이별해야겠다.

근데 아 옷들이 무너질 만큼 많은데 왜 어디 갈라고 옷을 입으려면 적당한 게 없는지 하여튼 입을만한 게 왜 없는지 도무지 모르겠다.

징글징글 집수리

한여름에 40일에 걸친 집수리를 했다. 후유~

여러 차례 아래층으로 물이 새서 부분적인 수리를 했는데 또 누수되고 있다고 하루에 몇 차례씩 연락이 와 환장할 지경이라 앞으로 또 얼마나 속이 썩을지 모르니 큰 결심을 하고 하는 김에 보일러와 상 하수도 배관까지 집안을 싹 다 뜯어 대대적으로 하면서 페인트칠은 무조건 화이트로 통일감 있게 했더니 넓어 보이고 안심이 되었다.

삼복더위에 열 번은 넘게 보수업체와 연락하고 수리과정을 확인하느라 왔다 갔다 하며 집 한 채 지으려면 싸움도 나고 병이 난다는 얘기가 생각났다.

우리 집을 그렇게 수리하느라 돈도 몽땅 쓰고 아래층으로 샐 염려는 끝났는데 지난가을엔 위층에서 우리 집으로 물이 여러 차례 새서 천정이 엉망이 되었다. 한 번은 우리 집 천장과 윗집 사이에서 물이 한 양동이 이상 나왔다. 천장 위가 한강이였으니 잘잘 때 물이 방으로 쏟아졌다면 얼마나 놀랐겠는가 생각만 해도 아찔하다.

그거 수리한다고 관리실 아저씨들이랑 보수센터 직원들이 여러 번 오고 몇 달을 수리했는데 또 새고 또 새고 해서 그때마다 신경 쓰기 징글징글했지만 결국 끝났다.
모든 일은 지나가고 모든 일은 끝이 있는 것 같다.

베로니카

6살 때부터 결혼 전까지는 교회에 다녔는데 남편의 지속된 권유로 89년에 성당에서 아들들과 함께 영세를 받으며 아들들은 베드로와 바오로 나는 베로니카로 신앙 안에서 새로 태어났다.

종교를 바꾸는 게 마음 편하지 않아 여러 차례 교리공부를 하면서도 망설이다 영세를 받은 것은 결국 한 가족이 같은 종교를 갖고 생활하는 일이 무엇보다 중요하게 생각되었기 때문이다.

그 후 계속 신앙생활을 열심히 하니 베드로와 바오로는 3학년 때 첫영성체를 모신 후 중학교 1학년 때까지 신부님 곁에서 열심히 봉사하는 축복을 받았고 나도 레지오마리에 활동과 성가대원과 주일학교 유치부 교사로 오래 봉사하며 은혜를 많이 받았다.

그때 레지오 봉사를 하면서 무의탁 노인들 밥 해주는 일을 하며 일주일에 2차례씩 성가 연습을 하고 토요일은 내가 주일학교 교사를 해야 하므로 다른 집들 다니는 주말여행은 아예 못 다녔지만 주말엔 성당 미사가 제일 중요하고 일상도 신앙 위주로 착하게 살았다.

요즘은 신앙생활도 엄청 게으르게 하고 있어서 죄책감이 들 때가 많다.

그래도 내가 어릴 적부터 만난 하느님은 항상 내 안에서 나를 선으로 이끄셨으니 성녀 베로니카의 마음으로 빅토리아노인 남편과 베드로 바오로인 아들들과 앞으로도 사랑의 실천에 최고 목표를 두고 신앙인으로 부끄럽지 않게 살아갈 것이다.

다시 학생으로

   아이들이 중학교 2학년이 되니 학교 마치면 바로 학원으로 가고 밖에서 보내는 시간이 많아짐으로 나도 늘 생각하고 있었던 공부를 더 하고 싶어서 교육대학원에 입학했다.

   집이 대전이었지만 서울로 보직이 변경될 때도 가까웠고 해서 서울 건국대 대학원으로 입학해 수요일 집안일을 마치면 식구들이 다음날 먹을 음식까지 만들어놓고 서울로 와서 강의를 듣고 서울 친정에서 엄마와 자고 목요일 오전에는 도서관에서 공부하고 강의가 끝나면 부지런히 고속버스 터미널로 가서 대전 가는 버스를 탔다.

   서울의 소음과 번화함보다 대전 자운대의 별빛은 얼마나 고요하고 맑았던지 극과 극의 세계로 왔다 갔다 했던 시간을 2년간 지속하였고 오랫동안 갈망했던 공부도 아주 열심히 해 4.0만점으로 졸업했다.

학과 주임교수님께서 공부는 할 때 해야 하니까 쉬지 말고 박사과정에 등록하라고 여러 차례 말씀하셨는데 고등학교 2학년이 되는 아이들의 대학 입시 준비에 도움이 안 될 것 같아서 미루게 된 게 영영 못 하게 되었다.

엄마도 그때 내가 일주일에 한 번씩 와서 자고 다니니 외로움이 덜하고 그 날이 기다려진다고 좋아하셨고 내가 대학원을 졸업할 무렵 우리가 서울로 이사하게 되니 엄마가 쓸쓸해졌다면서 그 시절을 그리워하셨다. 뭐든지 때가 있다는데 그때 엄마한테 좀 더 잘 해드리지 못한 게 늘 후회스럽다.

한강 안녕?

　직업군인인 남편의 전역을 앞두고 서울에 다음 직장을 구한 뒤 정착해서 살 곳을 알아보느라 여기저기 많이 다녔는데 남편의 다음 근무지와 가깝고 경치가 좋은 용산의 아파트를 최종적으로 남편과 보고 계약했다.

　앞으로는 한남대교와 동호대교가 보이고 강남 일대가 훤히 다 보이는 탁 트인 전망이었고 뒤 베란다에서는 반포대교와 동작대교와 남산타워와 넓은 학교 운동장이 보이는 전망에 반하여 10년이 어찌 가는 줄 모르고 행복하게 살았던 집이다.

　아침이면 거실 창을 열며 "한강 안녕?" 하고 한강과 인사를 나누는데 햇살이 강물에 쏟아져 금가루를 뿌린 듯 강물이 금색으로 반짝였고 한낮엔 수상 스키 타는 사람들과 한강 유람선이 오가고 해가 질 때면 노을이 강물에 반

사되어 어디가 강이고 어디가 하늘인지 황홀한 풍경이 극치였으니 낭만파인 나는 집에만 있어도 좋았다.

날씨가 좋은 날엔 강아지를 데리고 산책에 나섰다. 반포대교를 넘어서 세빛섬을 지나 서래섬에 다녀오거나 어느 날엔 반포대교와 동작대교를 지나 이촌동 거북나루터까지 다녀오고 어느 날은 한남대교와 동호대교를 거쳐 서울숲 입구까지 강아지랑 걸었는데 철 따라 이쁜 새들이 날아와 앉아 있는 게 그림 같았다.

살면서 축복을 많이 받은 집, 전망이 좋아 내가 너무 사랑했던 그 집을 꼭 사고 싶었으나 우리와 인연이 안 되는지 10년이 되던 해 집주인이 입주하겠다고 해서 아쉽게 이사했다.

아들과 함께

대학 졸업 후 ROTC 장교로 군대에 갔던 아들이 만기 제대 하는 날로 겨우 날짜를 맞춰 우리가 이사한 것은 전역 후 숙식이 불편하지 않도록 준비해서이다.

대전에서 오는 이삿짐과 서울 독신자 숙소에서 2년 살아온 짐들과 아들의 제대 짐들까지 세 군데에서 모인 이삿짐은 어마어마해서 한 달 이상 짐 정리를 해도 끝이 없었다.

이사를 해놓고 저녁 무렵 군 전역복을 입고 온 아들을 맞으며 이제 숙식 걱정 없이 마음 편히 취직된 직장에 출근하게 된 것 같아서 참 좋았다.

아들은 첫 발령을 받고 즐겁게 다녔는데 젊음과 의욕이 빛나고 또 빛났다. 적성에 맞는 일을 하니 신나게 일하고 상도 자주 받아오고 일본 연수사원으로 선발되어 일본도 다녀오며 우리를 즐겁게 해주고 그런 아들과 함께 사는 날들이 우리에게도 축복의 날들이었다.

큰아들 결혼

2015년 8월 1일 11시 강남역에 있는 삼성서초사옥에서 큰아들이 사이좋게 지내던 여자친구와 결혼을 했다.

휴가철이고 제일 더운 날 이였는데 양가의 많은 친지와 엄청 많이 와주신 지인들의 축하를 받으며 청주 출신 아가씨와 백년가약을 맺던 날, 대학 후배들이 해준 예도가 특히 멋졌고 뒤 통로까지 가득 모인 신랑 신부의 친구로 발 디딜 틈 없을 만큼 성황리에 끝나 너무 감사했다.

우리 아들과 며느리는 언제 봐도 잘 어울리는 한 쌍이다.

같은 그룹의 회사에 다니니 서로 더욱 이해할 수 있고 8년이 되는 지금 어느새 두 딸의 부모가 되어있으니 그새 많은 걸 이룬 것 같아 감사할 뿐이다.

부모인 우리가 10년을 용산에 살다 보니 우리 집 근처

156

에 집을 장만했고 우리가 이사를 와 살게 되니 아들네도 우리 동네에서 산 지 3년이 되어간다. 요즘 젊은이들은 부모 곁에 살기를 망설린다는데 속 깊은 아들 부부가 기특해서 힘이 되는대로 손주 육아에 도움을 주려고 노력하고 있다. 건강이 되기만 하면 손주들을 돌볼 수 있는 것은 얼마나 큰 축복인가.

큰 며느리

2015년 8월 1일 내게도 딸이 생겼다.

아들만 키우다 맞은 큰 며느리가 얼마나 이쁜지 얼굴이 동그랗고 하얗고 눈썹이 짙은 며느리는 그렇게 내 인생에 다가왔고 요즘엔 우리 집 가까이 와서 살아주고 있으니 그 마음이 얼마나 고마운지 웬만한 집의 딸 부럽지 않은 며느리가 되었다.

말없이 조용조용 자기 할 일을 다 하며 속이 깊은 큰 며느리는 언제 가도 깨끗한 집안에 모든 물건은 각이 잡혀 있고 청결을 최고로 생활하는 것 같아 믿음직하다.

며느리지만 딸처럼 많이 안아주고 다독거려주며 많이 웃고 따뜻하게 지내고 싶었는데 시어머니라 불편을 줄까봐 자주 못 만났고 배려한다고 조심하느라 그리 못한 적이 더 많았던 것 같다. 우리 며느리도 그랬을 것이다.

어느새 딸 둘을 낳아 이쁘게 키워놓고 직장으로 복귀하기 전날, 며느리가 육아에 따른 아쉬움으로 많이 우는데 그 마음이 공감되어 같이 울었다. 뱃속에서부터 정든 아기들이 태어나고 젖 먹이며 정들고 키우면서 정들고 그런 아기들을 두고 직장에 나가려니 순간순간 아기들이 보고 싶고 아쉬움이 얼마나 크겠는가.

직장생활을 꼭 더 하고 싶으면 건강히 회사에 다녀도 좋고 자녀교육이나 자아실현에 성공을 더하는 우리 며느리가 되길 바란다.

손주의 등장

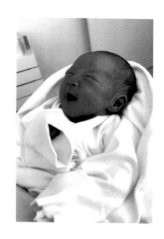

이쁜 며느리의 뱃속에 손주가 별처럼 등장했다.

초음파 사진을 보며 놀랍고 기뻐서 다른 할머니 할아버지의 마음을 비로소 알 것 같았다.

그해 가을 첫 손주가 태어나 신생아실에 있고 엄청난 일을 해낸 우리 며느리가 아무 일도 없는 듯이 의젓하고 단정하게 내 곁에 있었다.

그 날 아들은 태어나는 아기를 보며 부모님의 노고가 생각나 많이 울었다고 한다.

나도 그랬었다. 아이들 태어나고 산후통으로 내 몸이 아플 때 엄마도 그만큼 아프셨을 거로 생각하며 울었고 아이들 키운다고 밤잠을 못 자며 엄마의 노고를 깨달았고 아이들이 자랄 때 엄마의 수고를 생각하며 나도 엄마처럼 아이들을 잘 키우고 싶었다.

손주 재인이는 옹알이하고 기어 다니다 일어나 걷고 말을 배우더니 노래를 따라 하고 춤을 추며 만나러 갈 때마다 새로운 재롱을 보여 손녀와 함께 있는 시간이 우리 부부에게 꿀 같은 선물이었다.

내 아기를 키울 때는 기저귀를 빨고 삶고 하루 여러 차례 연탄을 갈고 아기들 따라다니느라 바빠서 아기들이 이만큼 이쁜지 몰랐는데 손주들이 이뻐도 너무 이쁜 걸 보니 우리 할머니랑 우리 엄마랑 그랬듯이 오늘도 내리사랑이 강물처럼 흘러가고 있나 보다.

상견례

큰아들 때는 경북 구미에서 오신 사돈 가족과 상견례를 하며 어색한 마음으로 나갔으나 우리 부부보다 연세가 좀 있으시고 따뜻하신 사돈들께서 분위기를 이끌어가셨고 중국 음식을 나누며 두 가족이 인사를 나누고 사진을 찍었다.

둘째 아들 상견례 때는 경험이 있는 우리 부부가 긴장되고 어색한 분위기를 이기려고 유머와 농담도 하며 분위기를 이끌어 갔다. 사돈은 피부과 의사시고 학생들을 가르치고 계시는 안 사돈도 단아한 분위기셔서 며느리를 맞는 마음이 안심되었다.

상견례와 결혼은 집안과 집안이 만나는 역사적인 일이다.
수십 년 이상 다른 환경에서 살아왔던 집안의 현재 대

표로 그 자리에 있으니 몇 개의 박물관이요 몇 개의 도서관의 만남이요 역사적 현장인 것이다.

서로 첫인상을 보고 첫 번째 인사를 나누며 내 자녀를 잘 부탁드리는 자리이니 간절한 마음은 어느 부모나 같고 그 마음을 공유하며 내 품을 떠나 넓은 바다로 나아갈 신랑 신부 후보생들을 격려하는 자리여야 할 것 같아 잘 마치고 싶었으나 아쉬움은 있었다.

상견례 때 뵈었기에 결혼식 때는 어색하지 않게 사돈들과 힘을 모아 큰 행사를 잘 했고 자녀들이 잘 살고 있으니 이런 게 은총이고 축복인 것 같다.

둘째 아들 결혼

큰아들이 결혼하고 만 6년만에 둘째 아들이 결혼했다.

코로나 펜데믹으로 인원 제한이 있어 양가의 가족들도 일부만 모여 해서 아쉬움은 컸지만 신랑 형곤이가 재치있고 멋지게 입장해 박수를 받았고 사돈과 입장하는 신부 수연이도 조각 같은 얼굴에 드레스 입은 모습이 너무 아름다웠으며 폐백 할 때 신랑 신부는 왕과 왕비처럼 기품 있고 눈이 부셨다.

결혼식 최고의 인기는 역시 손녀들의 예물 전달식이었는데 작은 손녀가 가다 말고 손뼉만 치며 서 있고 큰 손녀는 동생을 기다리다 혼자라도 예물을 빨리 전하겠다고 생각했는지 저 혼자 서둘러 걸어가는 게 이 순간까지 웃음이 난다. 어디서나 아기들은 빛이 난다. 손녀들 태어나서 삼촌 결혼식 날 제일 큰 임무를 잘 마친 것 같아 대견하고 축가를 불러준 큰아들이랑 손녀 재인이도 자랑스러웠다.

장인어른과 골프 치며 살고 싶다던 둘째 아들은 의사인 장인을 만났으니 참 잘 되었고 장인 장모에게 이쁨받으며 사돈 두 분께서 심혈로 키운 아내랑 멋진 인생이 되고 부부 해로 하길 바란다.

신혼부부가 여행을 떠나고 뒤풀이로 오신 시어머님과 친지들이 가시고 아들 방에 들어오니 울컥 눈물이 났다. 결혼하기 전에 좀 더 잘 해줘야 했는데 나는 내 몸 안 좋은 것만 생각하며 아침밥도 못 차려 준 날이 많았는데 이제 우리 아들은 나를 떠나 자기 집에서 아내와 지내야 하니 나와 함께 한 37년의 삶은 지나간 것이다.

남자 친구

남자 친구가 생겼다.

그 전에 그 친구는 나의 남편이었는데 내가 마음을 돌려 친구로 바꿨다.

지독한 사랑에 빠졌던 아이들이 다 자라 내 품 안에서 날아 가버리고 남편의 뒷모습 역시도 쓸쓸해 보여서 내가 슬슬 그의 곁으로 접근했다.

남편이였던 그에겐 부족함이 너무도 많았는데 남과 친하고 남과 비슷한 남친으로 생각하다 보니 실망도 덜하고 덤덤하고 엄청 뚝뚝해서 지겨웠던 사람이 과묵해서 멋지게 보이기도 했다.

데이트는 늘 서울탐방이란 주제로 내가 각본부터 간식까지 준비해서 실시되는데 같이 가는 곳마다 새롭고 좋다고 야단이어서 보람차고 책임감이 뿌듯뿌듯 생긴다.

저녁 식사는 늘 그 동네의 맛집에서 냠냠하고 후식은 주로 붕어빵을 사 먹는데 나는 늘 붕어빵을 빠삭한 꼬리부터 먹고 남친은 붕어빵을 늘 머리부터 베어 먹는 게 그것 또한 평생 징하게 다르다.

편안한 남편이었을 때는 그런 점까지도 꼴 보기 싫었는데 기대를 안 하고 대충 친구처럼 지내자고 생각하니 봐줄 만하다.

다음 주에는 또 어딜 가볼까 하다가 아들들이 나를 찾으면 내 남친은 자연 2순위가 된다.
왜냐하면, 그들이 나의 옛날 첫 번째 애인들이었으므로.

나의 아나바다

나의 아나바다 지구 살리기 운동의 첫 번째는 식품 말고는 각종 물건을 사지 않기로 함이다.

벌써 오랫동안 옷을 사지 않았으며 신발도 있는 거만 신고 있다.

유치원 교사와 여성들을 위한 강사를 오래 하며 생긴 옷들은 성당 바자회에 내서 나눠 입고 신발도 필요하다는 사람들에게 나눔 했다.

어려서부터 엄마로부터 배운 근검절약 생활 덕분에 아껴 쓰고 나눠 쓰고 바꿔 쓰고 다시 쓰는 생활을 실천하기 어렵지 않았다.

아껴 쓰기 실천으로는 30년이 다 되어가는 냉장고와 책상, 20년 넘은 침대랑 가구들, 다시 쓰기는 다른 집이 이사

갈 때 안 쓰겠다는 책장과 신발장을 내가 얻어 리폼해서 벌써 20년 이상을 쓰고 있으니 이만하면 지구를 살리고 있는 게 아닌가.

오가며 버려진 화분들은 사랑하며 키웠더니 베란다 가득 꽃을 피우고 있는데 모두 나이도 많고 인물은 덜 하지만 정이 푹 들었고 꽃향기가 가득해 아침이면 제일 먼저 베란다로 달려간다.

내 덕분에 지구의 쓰레기가 줄고 내가 하나밖에 없는 지구의 한쪽을 살리고 있다고 생각하니 아나바다 생활은 궁상스럽거나 부끄럽지 않고 보람 있다.

모두 모두 버리지 말고 재활용하여 내가 살다 간 지구 지키기에 함께 했으면 좋겠다.

엄마의 노트

6부

여자는 약하나 어머니는 강하다

염색

　여성들 앞에서 강의를 오래 하다 보니 흰머리 몇 가닥으로 준비된 강의의 질을 떨어뜨리기 싫어 염색을 시작했다.

　일찍 시작하면 건강에 나쁘다는 데도 결벽증으로 염색을 일찍 시작한 것 같아 지금은 후회가 되지만 그때로 돌아가도 나는 또 염색하고 말 것이다.

　흰머리 하나 뽑으려면 검정 머리카락 여러 개가 빠지고 기어이 하나 뽑으려다 에구구 눈알이 휙 돌아가 버릴 것 같으니 어찌할 것인가 앞에서 보이는 몇 가닥 뽑다가 남편의 염색약으로 살짝 시작할 때 남편은 자기 염색약이 요즘 헤프다고 했었는데 범인은 나였다. 설마 몇 개 있는 흰머리를 염색하진 않을 거라고 남편도 생각했을 테지만 해보니까 뽑는 것보다 훨씬 수월했다.

염색하는 날엔 꼭 아버지랑 엄마가 생각난다. 양지바른 곳에 의자에 놓고 앉으신 아버지 머리에 염색약을 슥 슥 발라 주시던 날, 엄마는 항상 검정 티셔츠에 월남치마를 입으셨고 도란도란 말씀 나누며 염색하시는 모습이 다정해 보였다.

흰머리 나는 게 주름살 생기는 것보다 더 안 좋다던 우리 엄마의 말씀처럼 지긋지긋한 흰머리가 좀 안 나오면 안 될까?

과학과 의학이 눈부시게 발전하고 있는데 누가 제발 흰머리를 검정 머리로 뚝딱 바꿔주길 바란다.

십자가를 지고

엄마가 67세에 위암 수술을 하셨는데 곁에서 간병을 하며 세상에 남의 일은 없다는 생각이 들었다. 착하고 바르게 사시며 남에게 베푼 공덕이 얼마나 큰데 왜 하필 우리 엄마에게 큰 병이 생겼는지 억울했다.

건강하셨던 엄마가 코에 튜브를 2개나 끼고 수술 부위에는 분비물 주머니를 여러 개 달고 운동하느라 병원 복도를 여러 바퀴 도실 때 엄마는 평소의 그 엄마가 아니셨고 자식들을 보호하며 강하게 사셨지만 이제 우리가 엄마를 보호해야 할 때라는 생각이 들었다.

건강하셨던 엄마도 위의 반 이상을 잘라내는 수술 후 못 드시니 15kg 이상 체중이 빠지고 예민한 성품으로 잠도 잘 못 주무시며 고생을 하셨는데 78세엔 담도암까지와 고생하시다 가셨다.

엄마가 세상을 뜨시니 내 몸 반쪽을 잘라낸 것 같은 슬픔과 그리움으로 매일 울다가 7개월 후 건강검진을 받았는데 내 결과지에 '유방암이 의심됨'이라고 쓰여 있었다.

남의 것과 바뀌었나 확인해보니 내 이름이 맞는데 잠시 전까지 멀쩡했던 세상이 노오랬다.

너무 놀라 울음도 안 나오고 세상이 지옥같이 어둡고 집에 도착할 때까지 정신이 하나도 없었다.

엄마도 위암 진단을 받은 날 그 충격이 얼마나 크셨을까 생각하니 눈물이 쏟아졌다.

말만 들어도 무서운 암이 내 곁에 왔지만 0기라서 다행이고 투병 덕분에 아픈 사람들과 공감하며 죽음이 삶 가까이 있음을 깨닫고 봉사하는 삶도 시작했다.

엄마도 가실 때까지 위암 충격으로 힘드셨을 텐데 자식들한테는 전혀 내색을 안 하셨고 아름답게 사시다 가셨다.

항상 나이보다 젊어 보이셨고 단정하게 꾸미고 계셨고 마당엔 꽃을 가꾸시며 아름다운 노년을 지내다 가셔서 젊고 이쁘신 얼굴만 기억난다.

나도 사는 날까지 자녀들에게 힘들다고 징징대지 않고

따뜻한 미소와 아름다운 모습으로 살다가 엄마를 만나러 돌아가고 싶다.

암이라는 십자가가 지금도 내 어깨를 누르고 있지만 공평하다는 신께서는 다른 축복을 많이 주셨고 앞으로도 건강을 주실 것을 믿으며 사랑과 선을 실천하다 자연으로 돌아가고 싶다.

여자는 약하나 어머니는 강하다

어렸을 때 겨울은 왜 그렇게 추웠는지 손가락 발가락에 동상을 달고 살았다.

아침이면 문고리에 손이 쩍 쩍 붙어서 살점이 떨어지는 듯 놀라고 걸레가 꽁꽁 얼어 동태처럼 바닥에 내치면서 걸레를 펴다가 따뜻한 물로 고양이 세수를 한 후 걸레를 녹여 마루의 눈을 치우곤 했다.

엄마는 어두운 새벽에 일어나 우리들의 도시락을 4개나 싸놓고 어서 세수하고 밥 먹으라고 물을 데워 세숫대야에 부어주시고 우리는 머리를 맞대고 세수를 하며 학교에 갈 힘을 내었다.

아랫목엔 두툼한 이불이 깔려 있어서 학교에 다녀오면 그 이불에 둘러앉아 손발을 녹이며 이야기꽃을 피우다가 엄마가 묻어둔 아버지의 밥그릇을 엎어 야단을 맞을까 봐

손으로 밥을 쓸어 담고 손가락의 밥풀을 떼어먹으며 우리만의 비밀을 만들기도 했다.

그날의 엄청난 추위를 생각하면 요즘의 추위는 추위도 아니다. 어마어마한 그 추위는 다 어디로 갔는지 매일 눈보라 몰아치는 그 새벽에도 우리들의 아침밥과 도시락을 준비하시느라 엄마는 얼마나 힘드셨을까 '여자는 약하나 어머니는 강하다'는 말처럼 연약한 여자였지만 그 추위를 어머니 정신으로 이기며 겨우 일어나서 불을 때 밥을 지으셨고 도시락을 4~5개씩 싸시던 어머니를 생각하면 가슴이 저린다.

세월 앞에 장사 없다

엄마의 화장대 한쪽에는 여러 가지 약들이 주욱 늘어서 있었다.

"엄마는 뭐 약이 좋은 거라고 이렇게 많이 먹어? 약도 독이 될 수 있는데 신장과 간에도 해롭고"

"너도 늙어 봐라. 약을 안 먹을 수 있나 나는 뭐 먹고 싶어서 먹는 줄 아니? 눈도 어두워지고 팔다리도 욱신거리고 가슴이 뛰어 잠이 안 오기도 하고 약을 안 먹을 수가 없어"

엄마의 그 나이가 되니 나도 먹는 약이 하나둘 늘어난다.

아침 눈을 뜨면 갑상샘 저하증 약을 먹고 식사 후엔 종합 비타민 비타민C 오메가3 등 먹어야 할까 안 먹는 게 좋을까 하다가 다들 먹는다는데 그래도 늦기 전에 먹어두자 한다.

엄마를 위해 좋은 약을 사드리지도 못하면서 무심하게 툭툭 던진 말에 엄마는 얼마나 섭섭하셨을까.

요즘 아들이 오면 약보다는 제철 야채나 여러 과일을 골고루 섭취해야지 화학적인 약들은 몸에 안 좋을 수 있다는 얘기를 듣곤 한다.

규칙적인 식사와 적당한 운동과 스트레스 관리 잘 자고 잘 먹고 잘 배설하고 등등 잘 알아도 늙어 보니 안 되는 건 참 안 되고 이젠 세월 앞에 장사 없다는 말만 생각난다.

아날로그 내 사랑

요즘 사람들은 휴대폰으로 음악을 듣거나 유튜브로 음악을 찾아 듣고 집에서도 소형 AMP를 쓰는데 나는 20세 때부터 모았던 LP 음반들과 내가 녹음해둔 TAPE들을 대형 전축으로 듣고 있다.

아침이면 집안일을 마치고 커피를 마시며 그날의 음악을 듣는 게 인생의 낙이고 컴퓨터나 휴대폰으로 자료를 읽기도 하지만 책방에 자주 가고 책에 밑줄을 치며 읽는 재미를 좋아하니 급속히 변하는 세상에 뒤처지는 편이다.

오랫동안 읽은 책들은 친구 같아 쌓아두고 읽는데 책과 함께하는 고요함을 어디다 비기랴.

눈이 침침한 날엔 큰 전축에 LP를 올려 정서적 안정과 힘을 얻곤 한다.

청춘의 시절엔 클래식 음악 감상실에서 푹신한 의자에 몸을 묻고 음악을 들으며 상상 속에서 자유롭게 날아다니고 무한한 미래를 꿈꾸면서도 이 정도로 세상이 급변할 줄은 몰랐다.

어려서는 세상 밖의 일처럼 아득했던 노년이 성큼 왔지만 그때 함께 했던 아날로그의 낭만과 열정만은 아직 내 곁에 있으니 다행이다.

한 지붕 세 가족

정읍 산 밑 우리 집에는 항상 다른 두 집이 세를 살고 있었다.

바로 옆방 아줌마네는 우리 엄마가 아기들 태어날 때마다 직접 받고 탯줄을 끊어 주셔서 아기들이 잘 자라고 있으니 다른 집으로 이사 가기 싫다고 늘 얘기하셨고 뒤뜰에 사는 분들은 우리 집에 워낙 오래 살아서 친형과 형수 같은 분들을 떠날 수가 없다고 하셨다.

어떤 날은 술을 마시고 와 아버지랑 티격태격 싸우셨지만 아버지가 화장실에서 쓰러져계실 때 맨발로 달려가 아버지를 안고 나오셔서 안절부절 애쓰셨던 은인이시기도 한데 아버지보다 열 살 이상 젊으셨던 그 아저씨는 60살도 안 되어 돌아가셨다고 들었다.

단칸방에 세 살던 순희네는 지금 생각해 보면 얼마나

184

가난했는지 소나무 속 껍질인 송키껍질을 긁어먹거나 쑥 국을 먹거나 소주 만들고 남은 소주아랭이를 퍼다 먹고 술이 취해 온 가족이 자는 게 신기해 호기심으로 그 방에 들어가서 그걸 먹고 나도 같이 잠들었던 생각이 난다.

보름날에는 오곡밥을 듬뿍해서 세 살던 집에 나누어주고 동짓날에는 동지팥죽을 푸짐하게 양푼으로 갖다 주고 김치를 담을 때도 인심 좋게 나누시고 칼국수를 해 먹는 날에도 모두 나와 같이 먹게 하신 어머니의 마음을 생각하며 나도 남은 날들 그리 살다 가려 한다.

한 지붕 세 가족으로 살았던 분들, 이웃사촌보다 더한 친가족 같았던 그분들과 우리 집 살 때 태어난 아기들도 우리처럼 나이 들어가고 어느 날 우연히 나의 옷깃을 스치며 같은 길을 걸어갔을지도 모른다.

최고의 친구

요즘 거리엔 할머니 할아버지들이 손주들 데리고 다니는 걸 자주 본다. 나만 손주를 돌보고 있는 게 아니고 시대가 그런 시대인지 손주들이 일거리이자 최고의 친구가 되었다.

우리 집도 며느리가 출산 후 육아휴직을 마치고 직장에 복직하면서 새벽이면 남편과 아들 집으로 가 손녀들을 깨우고 머리를 빗기고 밥을 먹이고 옷을 입혀 유치원과 어린이집으로 가는 차를 태워 보내고 나면 후유 한숨을 돌린다.

집으로 와서 늦은 아침 식사를 한 후 집안일을 하고 오후 4시엔 둘째 손녀를 데리러 가고 5시 40분엔 큰 손녀를 데리고 들어와서 밥 먹이고 씻기고 배변 활동과 놀이지도까지 하루가 번개같이 지나고 자리에 누우면 몸이 솜처럼 늘어지지만 아이들을 보면 너무 이뻐서 없던 힘도 생기고 눈에서 꿀 떨어진다 하지 않는가.

날개만 안 달렸지 손주들은 집안의 천사다.

우리 아기들이 그랬던 것처럼 손주들도 금방 커버릴 텐데 이 시기에 최선을 다해 따뜻한 사랑을 주어 어른이 되어서도 할아버지 할머니 생각만 하면 가슴이 훈훈해지고 어려운 일들을 쉬이 잊고 나아갈 수 있는 행복한 추억을 만들어주어야겠다.

불과의 인연

며느리에게 재스민 향초를 선물 받았다.

낮은 음악을 들으며 커피를 마실 때 촛불을 바라보고 있으면 시간 가는 줄 모르는 게 불멍 한다는 말이 생각난다.

나한테는 불에 관한 몇 번의 인연이 있는데 그 첫 번째는 초등학교 3학년 때쯤 산 중턱에 있는 친구 집에서 잠을 자다가 웬일인지 머리 위가 후끈하고 방 안이 밝은 것 같아서 눈을 떴는데 우리가 자는 방이 반은 타서 불기둥이 천장 닿을 듯 내려오고 있었다.

유리로 된 호야 등이 과열로 터지고 기름이 우리 쪽으로 내려오며 불이 탔던 것 같다.

너무 놀랐지만 자는 친구들을 깨워서 살려야 한다는 생각이 들어 친구들의 머리를 흔들며

"불이야~~ 불이야~~"를 외치는데 친구들이 얼마나 곤히 자는지 끄떡도 안 했다.

이번에는 있는 힘을 다해 친구들의 얼굴을 때리며

"불났어~ 빨리 일어나~ 불이야~ 불이야~"를 계속 외치니 친구들이 부스스 일어났고 셋이서 방문을 나오는데 끼여서 나오기가 힘들었다.

나는 그때도 친구의 부모님께 알려 불을 꺼야 한다는 생각에서

"불이야~~불이야~"를 계속 외쳤더니 건너 채에서 주무시던 친구 아버지가 후다닥 오셔서 이미 다 탄 방의 불길을 큰 이불로 덮고 양동이에 물을 가져와 뿌리며 한참만에 불을 끄고 나니 새벽 2시였고 친구 아버지가

"너 아니었으면 오늘 우리 식구들 다 죽었을 뻔했다"고 하셨다.

친구 집의 별채였던 그 건물은 초가지붕이었고 나무 뼈대로 만든 집이었는데 불이 다 탔으면 바로 붙은 산에도 큰불이 났을 거고 우리 셋은 다 죽었을 텐데 내가 어떻게 그 순간에 눈을 떴는지 나의 수호신께 감사한다.

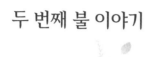

두 번째 불 이야기

나는 신경을 많이 쓰거나 땀을 많이 흘린 후에는 꼭 두통이 있다.

체질인지 중학교 3학년 때도 그런 증세로 선생님이 칠판에 기록하는 시간에는 살짝 복도의 창가로 가서 심호흡을 몇 번씩 하며 찬 바람을 쐬고 오곤 했는데 어느 날 복도에 나가니 천장에 붙은 전선에 불이 30 Cm 정도 타닥거리며 타고 있었다.

내가 후다닥 선생님께 가서
"선생님 복도에 불이 났어요. 천장 전선이 지금 타고 있어요" 했더니

선생님이 부리나케 가셔서 다른 선생님 한 분과 소화기를 들고 오셔서 그 불을 끄셨다.

수업이 시작된 직후 그 시간에 내가 그 불을 발견하지

못했다면 수업 마칠 때쯤엔 큰불이 났을 텐데 정말 큰 일 날 뻔했다.

　그날 불을 끄고 교실로 들어오신 선생님이 큰 소리로
　"하미현, 너 이리 나와! 너 그 시간에 왜 복도에 나가 있었던 거야? 응?"
　"머리가 너무 아파서 창문으로 가 찬 바람 좀 쏘이고 오려고요"
　"이놈 자슥, 공부시간에 복도나 어슬렁거리고…. 네가 복도에 나갔더니 벌써 전선이 타고 있었다 이 말이지?"
　"네"
　"오늘 너 아니었으면 학교에 큰불 날 뻔했어. 네가 오늘 큰일 한 거야. 근데 왜 소리 안 지르고 나한테 와서 살짝 말한 거야?"
　"소리 지르면 옆 반의 친구들까지 다 달려오고 시끄러워질까 봐 그랬어요"

　사실 그 날 선생님 두 분이 소화기로 불을 다 끌 때까지 다른 반들은 그런 일이 일어난 줄도 모르고 일이 끝났다.
　그 시간에 나를 복도로 부르신 그분이 다음에 나를 급히 또 한 번 부르셨다.

그분이 오시는 날

오전에는 집안일을 마치고 책을 읽거나 글을 쓰거나 음악을 듣고 오후에는 나가서 자연과 대화하며 걷는 걸 좋아하는데 큰 공원이나 한강 변을 따라 많이 걷는다.

그 날은 평소와 달리 성당 쪽으로 올라가서 걷고 싶었다. 남편이 오늘은 왜 거기로 가려느냐고 하는데 누가 부르는 것 같이 그 길로 가보니 성당 뒤편에 버스와 승용차가 있고 그사이에 불이 꽤 크게 타는데 버스 타이어에 거의 붙을 것 같이 아슬아슬해 114전화 안내를 받아 성당의 수녀님과 통화를 했다.

"성당 뒷마당에 불이 나 있는데 번지고 있어요. 바로 옆에는 차가 있고요. 빨리 꺼야 해요"
"네?"

순간 전화가 뚝 끊어졌고 잠시 후 성당 안에서 소화기를 든 이들이 나왔다.

그다음 날 산책 갈 때 그 성당 뒷마당을 보니 어제 불탄 흔적만 있을 뿐 깨끗이 정리되어 있어서 다행이다 싶었다.

서울이 사람이 많이 살지만 때론 그 불을 발견하지 못할 만큼 사람이 뜸한 시간도 많다.

내가 가톨릭 신자라서 그 날은 그 불을 발견했을 거다.

25년쯤 지난 일인데 그 날 이후로 불을 발견하게 하신 내 안의 그분은 오시지 않았다.

아니 그분이 그 후론 지름신으로 이름을 바꾸셔서 이것저것 사게 하시는지도 모르겠다.

존경하던 스님과 만남

어렸을 때부터 책 읽기를 좋아하다 보니 스님의 책도 나오는 대로 많이 읽었다.

책을 끝까지 읽고 누워서 스님의 텃밭을 그려보다가 스님의 오두막을 그려보고 스님 집에 올라가는 대나무 숲 소리를 직접 들어보고자 가보기로 마음먹었다.

유치원 교사 시절이라 겨울방학이 끝날 무렵 서울에서 기차를 타고 출발해서 해가 살짝 기울 무렵 스님께서 거처하시는 암자에 도착했다.

"스님 계세요? 스님 안에 계세요?"

"누구요?" 스님이 나오시는데 설레고 떨렸지만 반가웠다.

"스님 불쑥 찾아와 너무 죄송한데요. 스님의 책들을 읽고 늘 이 산을 그리워하다가 찾아온 김에 스님이 계시면 꼭 뵙고 가고 싶어서 스님을 불렀어요."

"웬 아가씨가 데이트는 안 하고 중놈을 찾아왔어? 추운데 들어와. 안에 샘터사에서 오신 손님이 계시긴 한데 합석해도 되니까"

나는 스님이 주시는 녹차를 마시며 책 속에 있는 구절들을 여쭈어보기도 하고 스님의 수필 속에 등장하는 후박나무랑 난 화분과 스님의 부엌도 보고 텃밭과 우물도 확인하며 좋은 말씀도 많이 들었다.

"겨울이고 산에는 해가 빨리 지니 부지런히 서둘러 내려가라"라고 걱정하셔서 샘터사의 직원 한 분과 암자를 나서서 대나무 숲과 산새들의 배웅을 받으며 내려와 큰절을 한 바퀴 돌고 껌껌해지기 전에 서울 가는 기차역으로 향했다.

그날 그 만남은 아직까지 살아오며 가장 인상 깊은 만남이었고 그날 그 자리 그 목소리가 아직 귀에 쟁쟁한데

195

그날 만나 뵈었던 스님은 가셨고 오늘 내가 함께하는 흙과 물, 불과 바람 속에 스님의 얼이 살아계심을 느낀다.

스님의 책을 읽거나 영상을 보며 찰나 스쳐 간 인연이었던 스님처럼 나도 맑고 향기롭게 살다가 아름다운 마무리로 생을 다했으면 좋겠다.

큰 스승님

직업군인인 남편을 만나 전국으로 24번 이사하며 힘들 때는 산과 들을 많이 걸었다.

생소한 곳에 적응하면서 생기는 불안함이나 긴장감을 걸으면서 털어내고 다음으로 나아가는 힘을 얻었는데 전국 어디를 가나 자연은 같은 얼굴로 나를 다독이며 안아주었다.

작은 들풀과 낮은 꽃들부터 수 백 년 지난 느티나무들까지 나를 따뜻하게 반겨주니 그 품에 쉬며 맺힌 마음을 풀고 돌아오는 길은 새 힘이 생기곤 했다.

사시사철 들꽃들은 어쩜 그리 귀여운지 지나가는 나를 불러 말을 걸었고 풀밭에 춤추는 나비와 벌들이랑 동화에서 나온 듯한 꽃과 열매들도 감동이었다.

경남 진해와 강원도 동해 살 때는 파도 소리가 시원해서 바닷가에 앉으면 속이 후련했고 산과 들이 많은 계룡에서는 바람과 햇빛도 큰 위로가 되었다. 얼굴을 스치는 바람과 부드러운 구름, 새벽마다 오케스트라를 열던 새들과 4계절 피어나는 꽃들을 보며 흙길을 걸을 때 나는 최고의 가르침을 받고 배우며 지내왔다.

남편의 전역 후 서울에 정착하면서는 한강 변에 자리를 잡고 강변의 4계절과 친하게 지내는데 아침 햇살에 금가루를 뿌린 듯한 수면 위로 나르는 철새들, 새롭게 떠오르는 태양을 보며 새 희망을 얻고 해가 질 때마다 붉은 노을 따라 나도 성숙하고 철이 들어갔다.

나무는 몇백 년 이상을 살 수 있고 길가에 풀들도 피었다 지고 또 피어날 수 있는데 우리의 삶은 불안하고 유한하니 우리는 모두 진실하고 위대한 자연에 의지하며 내일로 나아갈 수 있는 것 같다. 자연을 큰 스승 삼아 남은 삶은 자연처럼 너그럽게 살다 자연으로 돌아가리라.

꽃 숲

　우리 아파트 단지 안에는 큰 배롱나무가 있는데 분홍 꽃이 피기 시작하면 내가 자주 찾아간다.

　엄마가 제일 좋아하셨던 꽃나무이고 친정집 마당에 있던 나무라 엄마 가신 후에는 나도 배롱나무를 더욱 사랑하게 되었기 때문이다.

　꽃을 너무도 좋아했던 엄마, 우리를 키우며 마당 앞뜰엔 아치 모양을 만들어 나팔꽃이 피면 꽃 지붕이 되고 포도가 올라가 익어갈 때는 포도가 탐스러웠고 여주나 수세미가 열릴 때는 신기하게 세어보며 그 아래 평상에 누워 우리 형제들이 얼마나 행복했던가.

　텃밭의 야채들 곁엔 봉숭아 꽃이 화려하게 피었고 장독대엔 채송화가 색색깔로 피여 학교 다녀온 우리를 불러 앉혔다.

엄마가 심어준 그 많은 꽃은 지금도 내 안에서 피었다 지고 또 피여나 꽃 숲을 이루고 고마운 꽃 숲에서 엄마를 그리며 나도 엄마의 나이가 되어가고 있으니 김춘수 시인의 시처럼 엄마는 내게로 와서 영원히 지지 않는 꽃 숲을 이루신 것이다.

둘째 며느리

　백합꽃 닮은 며느리가 꽃다발을 선물 주었다.
　어머니가 꽃을 좋아한다고 이쁜 마음으로 사 온 꽃들을 보며 꽃처럼 부드럽고 향기로운 시어머니가 되어야지 생각해 본다.

　내리사랑은 있어도 치사랑은 없다니 늘 마음을 닦고 사랑을 베풀며 산다고 하는데도 사람 사이에는 사소한 오해가 생길 수도 있고 친자식도 그럴진대 며느리나 사위는 오죽하겠는가.
　어떤 이는 며느리에게 너무 잘 해주면 대접을 못 받으니 적당히 하라고 말하지만 따뜻한 사랑으로 조용히 있어주고 징징대지 않고 둥글둥글 편안하고 많이 웃는 시어머니가 되고 싶다.

　출산을 앞두고 지난 주말엔 둘째 며느리가 밥상을 차려

놓고 초대해서 맛나게 밥을 먹고 왔다.

이쁜 며느리가 얼마나 살림도 잘하는지 청결하고 깔끔한 집이 인테리어 잡지 속의 그 집 같았고 요리한 음식들도 너무 맛이 있었다.

우리 며느리들은 이 시어머니보다 더 낫다.

내가 많이 고생하며 살았지만 아들과 며느리랑 손주들을 생각하면 축복도 많이 받았다.

내가 이 세상을 떠나간다 해도 자손들이 의미 있는 생을 이어갈 테니 나의 생은 성공이다.

7부

깜빡깜빡하는 희미한 기억

소주 한잔

　하루를 마감하며 저녁 밥상에 소주 한 병을 올리면 남편이 좋아한다.

　어릴 때는 그 술이 참 미웠다.

　술 때문에 아버지랑 어머니가 다투시거나 술 때문에 아버지가 더 아프실까 봐 조마조마해서 술을 만든 사람도 싫고 술 취한 사람도 다 꼴 보기 싫었다.

　이젠 그 술의 의미를 조금은 알 것 같다.

　술잔에 술만 따르는 게 아니고 못다 한 사랑과 못다 한 이야기까지 마신다는 것을, 망망대해에서 고래를 기다리듯 내게로 오지 않는 그 무엇을 기다리며….

　인생이 덧없고 세월이 야속해 한 잔, 살아오면서 그 많은 사람 가운데 내 사람은 몇 몇이었던가 쓸쓸해서 한 잔, 아무래도 세상이 내 편은 아닌 것 같은 섭섭함에 한 잔….

술을 사랑하는 사람은 늘 술 생각만 하는 줄 알았는데 술을 사랑하는 사람이 술잔을 기울이는 이유는 당신과 세상을 사랑하는 까닭이다.

술이 있었기에 아름다운 노래가 우리에게 왔을 수 있고 술이 있었기에 사랑이 열매를 맺을 수도 있었으니 이제 술을 미워하지 않으련다.

오늘도 진리와 사랑을 위해 술잔에 나를 담고 세상에 건배하니 쓸쓸한 바다 같은 세상이 내일은 내게로 올 것이다.

꿈보다 해몽

  아이들 생일날 연못과 분수가 있는 레스토랑에서 저녁 식사를 하고 나오니 분수가 조명을 받아 너무 멋졌다.

"애들아 이리 와 봐. 분수가 넘 멋지지 않니?"

  내가 분수대로 가는 순간 얼마나 미끄러운지 그 연못에 머리끝까지 풍덩 빠졌다.
  생각보다 그 연못은 깊었다.
  정신을 차리고 머리를 들어 연못에서 나오려고 하니 주위가 다 이끼로 얼마나 미끄러운지 겨우 나올 수 있었고 아이들과 남편은 내가 그쪽으로 갔는데 순간 없어져서 두리번대며 찾고 있었다고 하며 물에 젖은 나를 보고는 당황스러워했다.

  생일 식사 후 여흥도 못 즐긴 채 부리나케 집으로 와 세

탁소에 그날 입은 투피스 정장을 맡기는데 엉덩이 부분에 초록 이끼가 진하게 붙어서 드라이를 두 번 이상 해야 한다고 하며 어디서 이랬느냐고 야단이었다.

저녁에 엄마가 쌍둥이 생일이라고 전화를 하셨다가 내가 연못에 빠진 일을 이야기했더니 엄마 말씀이 "애들 생일날 엄마가 물 꿈만 꾸어도 애들이 재수 있다는데 너는 물속에 머리끝까지 빠졌으니 얼마나 애들이 재수 있겠니? 고생은 했어도 잘 했다" 하시며 엄청 웃으셨다.

'꿈보다 해몽'이라고 엄마들은 항상 이렇게 자녀의 말과 행동에 긍정적이고 희망적인 리액션을 주어서 자녀들이 무엇이나 잘 할 수 있게 하시는 것 같다.

중독

　남편은 잠시도 몸을 가만히 두지 않는 편이고 운동도 골고루 하는데 특히 축구는 대학 시절 학교의 대표선수를 했고 졸업 후에도 동문 축구나 동네 조기 축구까지 넘 좋아했다.

　어느 날 조기 축구 하러 간 남편에게 전화가 왔는데

　"내가 축구를 하다가 어깨를 좀 다쳤으니 쇠 두 개만 박고 집에 가마."

　"쇠를 박아야 한다니 이번에는 뼈가 부러졌나 봐? 입원해야 할 텐데, 내가 입원 준비를 해서 그 병원으로 갈게요."

　그동안 축구 하러 다니며 꿰맨 게 몇 번이고 다리 깁스도 했고 목발을 3개월 이상 짚고 다닌 적은 있는데 뼈를 심하게 다친 적은 없어서 놀란 마음에 병원으로 달려가

황급히 수술을 시작하였다.

한 시간 후 웬 남자가 수술실에서 나오며 소리를 고래고래 지르고 병원 복도가 떠들썩해 가보니 우리 남편이었다.

수술 직전에 통증을 줄여주는 풍선 모양 주사가 있으니 비싸지만 맞으면 좋을 것 같다고 했을 때 그까짓 주사 절대 싫다며 안 맞겠다고 버티던 남편이 수술 후 얼마나 아프면 저렇게 소리를 지르고 있나 싶어 빨리 그 주사 놓아 달라고 했다.

그 후로도 남편은 나이에 맞지 않게 축구를 열심히 하더니 요즈음은 무릎을 다치거나 허벅지 근육을 다치면 몇 달씩 쉬어야 낫고 그 와중에도 골프는 기회만 되면 천 리 먼 길까지 나가며 자기는 운동을 안 하면 금방 죽으니 그리 알라고 한다.

남편을 금방 죽게 하면 안 될 것 같아 나도 요즘엔 축구를 하든 골프를 하든 레슬링을 하든 다치지만 말고 오라고 당부하게 되었으니 커피와 음악과 책에 중독된 나보다 운동에 중독된 남편이 잘하고 있는 것 같아서이다.

노르웨이 소동

친구 다섯 명과 북유럽 여행을 떠나 공항에 도착하니 내 캐리어의 바퀴 하나가 떨어지고 없었다. 바퀴 세 개로 큰 짐을 밀고 다니니 가방이 자꾸 넘어졌고 가방을 일으키려던 순간 다리를 잘 못 짚어 무릎이 꼼짝 못 하게 많이 아팠다.

누가 내 무릎을 살짝 만져주면 괜찮을 것 같은데 큰일 났구나! 걱정하며 겨우 숙소로 도착했고 여행 멤버 중 한 명이 응급 시술을 해주고 찜질 팩을 깔고 자라고 주시고 진통제를 주신 분도 있었지만 다음 날 아침 너무 아파서 한국으로 돌아가고만 싶어 가이더에게 비행기 표를 알아봐달라고 했는데 우리 패키지 여행비의 반 이상으로 비행기 푯값이 고가에다가 당일표는 한 장도 없다고 해 그냥 버텨보는데 너무 아파서 여행이 아니고 고행이었다.

내가 다리를 절며 무릎을 붙잡고 다니니 함께 출발한 분들은 마주칠 때마다 좀 괜찮냐고 걱정하며 다독거려주시는데 친구들에게도 큰 민폐를 끼친 것 같아 마음 쓰느라 입맛이 뚝 떨어졌고 잠도 안 오고 하여튼 고난의 여행에 울고만 싶었다.

다친 지 이틀 지나 큰 캐리어 파는 데가 있어 가방은 겨우 샀고 진통제를 주신 분들이 많아 계속 먹으며 절룩절룩 다니던 여행을 마치고 우리나라에 도착하니 눈물이 났다.

얼마나 가고 싶었던 북유럽이었는데 불행 중 다행이라고 그래도 그 정도로 잘 도착해서 다행이었다. 그때 다친 무릎은 지금도 완전치 않지만, 함께 여행하며 마음 써 주신 분들이 얼마나 고마웠는지 큰 가르침을 받아 그 후론 집 나서서 어디에서든 아픈 이들을 만나면 돕고 특히 해외여행 중에는 약도 나눠주고 걱정도 함께 나누는 따뜻한 벗이 되려고 노력하고 있다.

뱀 조심

　자연환경이 많이 깨끗해졌는지 강변이나 공원의 풀밭을 걷다 보면 '뱀 조심'이라고 쓰여 있는 곳이 많다. 나도 최근 뱀을 만나서 얼마나 무서운지 소리를 지르며 도망을 가는데 내 뒤의 아가씨는 휴대폰을 꺼내서 뱀 동영상을 찍으며 친구에게 생중계하고 있었다. 하긴 요즘 어린이들의 동화책에는 머리 리본 한 뱀과 이불 덮고 같이 자는 이야기도 있고 모자 쓴 뱀과 달리기 하는 이야기도 있으니 뱀이 무서운 세대는 아닌가 한다.

　각 군 본부가 있는 계룡에 살 때는 무공해 지역이라 그런지 등산이나 산책을 나서면 뱀을 안 만나는 날이 없을 정도라 풀밭을 걸을 때는 가슴이 두근두근했다.

　내가 자랄 때는 나물 캐러 갔다가 스르륵 지나가는 뱀을 수시로 봤고 친구네 집에서는 구렁이가 초가지붕에서 마당으로 쿵~ 떨어졌다는 얘기도 들었고 아이들 가르친 다고 뱀을 100번도 넘게 그려봤는데 뱀은 아직도 제일 무서우니 소리 지르는 나를 보고 뱀은 또 얼마나 내가 무섭 겠는가.

우리 아들들은 4학년 때 유리로 된 주스 병에 뱀을 잡 아 키워보겠다고 나 없는 시간에 우리 집에 살짝 두었다 가 동네 아이들이 그 사실을 먼저 말해줘서 집으로 와 당 장 가지고 나가라고 소리를 쳤었다. 씩씩한 남자아이들이 라서인지 세대 차이인지 사람을 안 무는 순한 뱀인데 엄 마를 이해 못 하겠다는 얼굴로 뱀을 갖고 나가는 뒷모습 이 지금도 생각난다.

장어야 미안하데이

진해 살 때 앞집에 사시는 팔순 할머니가 다급하게 우리 집에 와서 빨리 좀 와보라고 야단이셨다. 무슨 일인가 달려갔더니 집안이 참기름 냄새로 가득했다.

"우리 아들이 결핵이 심해서 오늘 장어 즙을 만들어주려고 참기름을 넣고 장어를 넣자마자 장어들이 다 튀어나와서 도망 다니고 있는데 도대체 못 잡겠으니 좀 잡아달라"는 말씀이셨다.

나는 장어는 고사하고 꾸물거리는 거는 다 무서워 이 나이 되도록 산낙지 한 점도 못 먹는 사람인데 말만 들어도 무서웠지만 허리도 많이 굽으시고 앞니도 없으신 앞집 할머니가 처음으로 나한테 부탁하신 거를 뿌리치고 갈 수가 없어서 고무장갑을 끼고 장어한테 슬슬 다가가 꽉 움켜쥐는데 참기름까지 묻어서 미끄럽고 꾸물거리는 힘이

215

얼마나 대단한지 계속 놓치고 야단법석을 하다,

"할머니 다른 장어는 어디로 들어갈지 모르니 잘 지키시고 아무래도 장어가 거의 죽어야 잡을 수 있을 것 같으니 막대기 같은 거 있으면 좀 주세요"

"막대기가 우리 집에 어딨노? 자 이 거믄 되겠나?"

할머니가 대나무 자와 파리채를 주셔서 장어 바로 코앞으로 가 눈을 질끈 감고 장어를 디지게 두들겼고 장어가 눈탱이 밤탱이 될 무렵 한 마리씩 잡아 드렸다.

"장어가 완전히 죽으면 약이 안 된다 카는데···."

할머니 목소리에 눈을 감았다 떴다 확인하며 잡아 드리고 힘이 쭉 빠져서 집으로 왔다.
그 일이 내가 태어나 처음이자 마지막으로 살아있는 뭔가를 잡은 일이었고 미꾸라지 한 마리도 못 죽여서 추어탕도 못 만드는 아줌마로 변함없이 살고 있다.

장어야 진짜 미안하데이.

아이고 내 가물치

장어 이야기를 쓰다 보니 가물치 이야기를 또 쓰게 된다.

친하게 지내는 선생님이 원주에서 아기를 낳고 몸조리할 무렵, 부산에서 밤차를 타고 오시기로 한 엄마가 안 오셔서 기다리고 있는데 몇 시간 후 엄마가 물에 풍덩 빠진 모습으로 도착하셔서 주저앉아 한숨을 쉬시며

"아이구! 내 가물치~ 아이구! 내 가물치~" 그러셔서

왜 그러신지 말씀을 들어보니 아기 낳은 딸 푸욱 고아 주려고 부산에서 제일 싱싱하고 튼실한 가물치 두 마리를 사서 비닐봉지에 물을 가득 담아 싸고 또 싸서 들통에 넣어 들고 기차를 타서 새벽에 원주역에 내렸는데 부산에서 그렇게 팔팔하던 가물치들이 힘이 다 빠져 있어서 딸네

217

집에 가는 길에 있던 개울에서 살짝 시원한 물을 좀 넣어 가지고 가려고 비닐봉지 입구를 여는 순간 가물치 두 마리가 개울로 튀어 나가 버렸다고 한다.

혼자서 그 가물치가 멀리 가기 전에 기어이 잡아 담아 오려고 개울을 이리저리 뛰어다니다 보니까 옷이 다 젖어 그리되었다는 얘길 듣고 사위랑 사위 친구랑 그 개울로 가서 몇 시간 뒤져서 기어이 그 가물치를 잡아 와 장모님의 억울함을 풀어주었다고 한다.

부산에서 원주까지 가물치를 산 채로 들고 오신 친정엄마도 대단하시지만, 개울을 다 뒤져 몇 시간만에 가물치를 찾아 들고 오신 사위도 참 대단한 것 같다.

자식을 위한 어머니의 사랑과 희생은 끝이 없는 것 같다. 그 무거운 가물치 들통을 들고 밤차를 타고 아기 낳은 딸한테 가는 엄마의 정성에 결국 가물치가 감동한 것 같다.

어느덧 그 친정엄마는 가신 지 오래되셨고 개울을 다 뒤져 가물치를 다시 잡아 오신 멋진 사위도 지난해 세상을 뜨셨다.

소통과 단합

직장생활 할 때는 동료나 선 후배 간의 긍정적인 관계 유지가 이루어질 때 출근도 즐겁고 시너지효과가 난다.

유치원 교사 시절 우리도 단합을 위해 원감과 모든 교사가 인천 용유섬으로 1박2일 MT를 갔다.

일기예보 상 계속 맑고 파도가 잔잔하다 해서 출발을 했는데 일요일 낮이 되니 하루에 한 번씩 다니는 배가 갑작스러운 파도 때문에 못 뜬다고 연락이 왔다.

원장님 빼고 서무교사까지 모든 교사가 다 왔는데 배가 안 온다니 월요일 수업을 어쩐다는 말인가 고민하고 있었는데 민박집 아저씨가 개펄을 타고 2시간쯤 가면 영종도가 나오니 영종도로 가서 서울로 가는 시외버스를 타라고 자세히 가르쳐주시며 개펄에서 꾸물대면 바닷물이 들어와 우리가 다 바다로 떠내려갈 수 있으니 서둘러서 부지런히 걸어가라고 주의를 시키셨다.

그 후 3시간 이상 우리는 개펄을 걸었는데 빠지면 같이 손을 잡고 발을 빼주고 넘어지면 서로 일으켜주며 나중에는 지쳐서 울면서 죽을 힘을 다해 영종도에 도착했고 다들 머리부터 발끝까지 온몸이 진흙투성이였다.

기진맥진한 채 어느 집 수돗가에서 겨우 씻고 서울 가는 시외버스에 올라 밤늦게 서울 도착해서 우리는 모두 월요일 아침에 무사히 출근할 수 있었다.

연육교가 없던 시절이라 수업을 하루라도 빠지면 안 되니까 섬으로는 절대 여행 가면 안 된다는 원장님의 당부를 어기고 비밀로 섬 여행을 다녀온 그 일로 바짝 긴장하며 멤버들은 더욱 단단해지고 조금의 실수도 없이 300명 이상 되는 원아들을 잘 졸업시켰다.

평소에 단합이 잘 되던 동료 교사들과 선후배들 덕분에 출근도 즐거웠고 많은 행사와 뒷정리도 완벽하게 잘 되었으니 직장에서는 소통과 단합이 최고인 것 같다.

은근과 끈기

내가 살아온 세월을 한마디로 요약하면 은근과 끈기다.

불편한 상황에서도 참고 또 참고 버티며 오늘까지 잘 살아왔다.

부모님의 품 안을 떠나 서울에서 공부하며 가난했지만 품위를 쌓고 유지하기 위해 좋은 음악을 듣고 많은 책을 읽으며 우수한 삶을 시작하려고 엄청 노력했고 결혼 후 24번 이사하면서 새 삶에 대비해 준비하고 적응하며 힘든 적이 너무 많았지만 은근하게 버티고 참으며 좋은 결과가 오길 기다려서 자녀교육이나 시댁과의 관계도 평균 이상의 관계를 지속할 수 있었다.

우리 아들들과 며느리들과 손주들도 순간의 욱한 자신을 다독이며 험한 세상을 잘 살아가길 바란다.

남한테는 따뜻하되 자신에게는 엄격하고 세상을 향해 당당해지려면 시간이 되는대로 공부하고 강한 체력을 키우는 생활습관을 기져야한다.

어려서는 빨리 어른이 되고 싶었고 젊어서는 죽음이 지구 밖의 일처럼 까마득하지만 모든 일이 쏜살처럼 지날 수 있으니 순간순간 자신을 잘 다스리며 힘들 때는 은근과 끈기로 잘 버텨서 후회 없는 삶이 되길 바란다.

찌개와 간편식

엄마가 국이나 찌개류를 특별히 잘 만드셔서 어려서부터 우리 집 밥상엔 삼시 세끼 국물이 없는 날이 없었다. 구수한 마른 명탯국이나 다양한 고기류 찌개부터 갈치찌개나 홍어애탕까지 엄마의 무궁무진한 국과 찌개 메뉴 덕분에 결혼 후엔 나도 그 분야에 관심이 많아 관련된 책도 여러 권 사서 봤다.

우리 집 밥상은 한식을 고집해온 덕분에 나도 좋았고 결혼 한 아들들한테 국과 찌개를 늘 식탁에 올리긴 어렵던데 엄마 덕분에 결혼할 때까지 맛있게 먹어서 참 좋았다는 인사를 받기도 했다.

요즘엔 혈압이 조금씩 올라가서 염분을 줄이려고 아침 식사는 간편식으로 바꾸었다.
건강을 위해 여러 과일이나 제철 야채로 담백하게 먹은

지 1년이 넘다 보니 이젠 국과 찌개 대신 각종 야채에 대한 연구를 하게 되었고 오랫동안 관심 분야였던 국과 찌개를 많이 덜 먹게 되어 한편으로는 아쉽다.

음식은 사랑과 정성이고 섭생은 건강과 직결되니 중요한 일이다.

청국장도 만들기 위해 콩을 고르고 삶을 때부터 가족 사랑하는 마음 없이는 그 깊은 맛을 내기 어렵고 간편식 준비도 다양한 오색 야채나 견과류부터 고구마와 감자까지 좋은 재료를 싸게 사기 위해 어머니들은 이 시장 저 시장을 다니며 오늘도 정성을 쏟고 계신다.

커피 한잔

커피와 사랑에 빠진 지 50년도 넘었다.

건강을 위해 커피를 줄이려고 다양한 차 종류를 준비해 두었지만 요즘도 티타임에는 커피에 제일 먼저 손이 간다.

살아오면서 커피의 공로도 참 컸다.

일하기 싫은 날엔 커피 덕분에 깨여 일했고 외롭거나 쓸쓸할 때는 따뜻한 친구로 지냈고 머리가 아플 때는 두통약으로 피곤할 때는 피로회복제로 비가 오는 날엔 비가 좋아서 한잔하며 최고의 친구로 지냈다.

나 같은 커피 마니아를 만나면

"커피를 빼곤 낭만을 논하지 말라"
"커피도 모르는 사람과 어찌 인생을 논할 수 있겠느냐?"

"커피라도 안 마시면 허허로운 세상을 어찌 살겠느냐"
라고 커피 예찬론을 함께 폈다.

커피가 몸에 좋다는 기사는 모두 고맙고 몸에 해로운
커피를 뭐 하러 마시냐는 사람과는 친해지지 않았고 커피
를 안 키우는 집은 가기도 싫었고 옷도 커피색 종류로 입
은 사람들이 좋고 마트에서도 커피 쪽에 서 있는 사람들
은 친근감이 들었다.

내가 커피랑 사랑을 나누는 사이에 커피 전문점이 엄청
많아졌고 커피의 종류도 무궁무진해지고 커피 애호가들도
많아졌으니 나 같은 사람도 많은 것 같아서 외롭지 않다.

고마운 친구

　허리를 삐끗해서 한동안 누워 지내다 보니 우울하기 짝이 없었는데 책들이 내 머리맡으로 와서 친구가 되어주는 바람에 밝은 기분을 찾고 일어날 수 있었다.

　읽기에 취미를 갖기 시작한 것은 초등학교 5학년 때부터인데 도서 담당이시던 우리 선생님이 방학 동안 학교 도서관에 와서 책을 읽어도 된다고 하셔서 매일 도서관을 찾았는데 사방으로 꽉 차 있는 책을 보면 얼마나 설레고 좋았는지 그때 기분이 지금도 생생하다.

　다른 친구들은 더 재미있는 무언가가 있는 듯 학교에 오지 않았고 나는 도서관을 지키는 강아지처럼 온종일 도서관에 붙어 책을 읽었다.

　중학생이 되니 언니의 연애소설이 재미있어져서 국어

사전을 갖다 놓고 낱말 뜻을 찾아가며 읽었는데 '포옹' '애무' 등 뜻을 찾고 나면 얼마나 재밌는지 밤을 새우며 정신없이 책을 읽곤 했다.

결혼해서 남편의 장기 출장 때는 책 대여점에서 한두 권씩 빌려 읽었는데 자주 들락거리다 보니 신간들은 항상 내 차지가 되어 제본 과정에서 붙어나온 페이지들이 떨어지며 나는 사르륵 소리는 독서의 희열을 느끼게 했다.

아이들이 자랄 때도 내가 책을 많이 들고 있으니 아이들도 책을 엄청 읽었고 책으로 블록 놀이와 도미노 게임을 하는 등 책이 놀잇감이 되기도 했다.

가끔 주위 사람들은 눈 나빠지게 뭣 하러 책은 그렇게 읽느냐고 야단이다.

정말 오랜 시간 책과 인연을 맺었다고 해서 내가 똑똑해지거나 어디 가서 큰 도움이 되었거나 내 인생이 특별하게 달라지지는 않았지만 그냥 책이 편안해 지금도 심란할 때는 책을 읽고 책에 빠져 있으면 행복하니 책이 정말 고마운 친구다.

시험에 빠지지 말게 하옵시고

하느님이나 부처님이 나를 시험하시는지 나는 지갑이나 돈을 잘 줍는 편이다.

명절 때 쓰려고 은행에서 현금 100만 원을 찾았는데 99만 원과 10만 원짜리 수표로 되어있어 은행에 연락해 돌려주었고 몇 년 전에는 두툼한 수첩을 하나 주웠는데 수첩의 앞 포켓에는 만 원짜리 신권이 수십 장 들어있고 뒤 포켓에는 5천 원짜리 신권이 두툼하게 있었다.

수첩 주인의 이름이나 전화번호는 안 적혀 있었는데 지인들의 휴대폰 번호가 적혀 있어서 여기저기 수소문 끝에 몇 시간 후 수첩 주인이 우리 집을 찾아왔는데 하는 말이 참 기가 막혔다.

그걸 내가 안 찾아줬어도 어떻게 해서든 자기는 찾을 수 있다나?

아니 뭐 이런 사람이 다 있나 기분이 엄청 나빴지만 일단 돈을 주인에게 돌려주었으니 됐다 싶었는데 오랫동안 기분이 나빴다. 글 쓰는 지금도 화가 나네.

그 후로 친구와 점심을 먹고 오다가 또 검정 지갑을 주웠다.

신분증을 확인해서 주인에게 연락할까 하고 열어보니 현금과 장애인증이 있어서 근처의 파출소에 주인을 찾아주라고 맡기면서 혹시나 하고 사진 속의 얼굴과 이름을 외워두었다.

근데 아무래도 금방 지갑을 떨어뜨렸을 것 같고 몸도 성치 않은 친구가 얼마나 애가 탈까 싶어 그렇게 생긴 사람이 혹시 지갑을 주웠던 곳을 다니나 돌아보는 데 아니나 다를까 얼굴을 흔들며 표정이 일그러진 채 무언가를 찾고 있는 사람을 만나게 돼 아까 외워 둔 이름을 큰 소리로 불렀더니 쳐다보며 다가왔다.

뭘 찾느냐고 했더니 지갑을 잃어버렸다고 해서 그 친구를 데리고 아까 그 파출소로 가서 지갑을 찾아 주니 얼마나 고마워하는지 인사를 몇 번이나 하고 또 했다.

다른 사람이 주워서 혹시 주인을 찾아 주지 않았다면 이 친구가 얼마나 당황하고 속상했을지 생각하니 내가 발견했다는 게 기분이 참 좋았다.

꾸벅꾸벅 인사하던 착한 청년이 이제는 어디서 멋진 아빠가 되어있겠지.

깜빡깜빡하는 희미한 기억

건망증이 심해진 건 몇 년쯤 된 것 같다.

아무래도 거실 등을 켜두고 나온 것 같아 확인하러 들어오고 레인지에 음식을 데운 후 전원을 안 끈 것 같아 집으로 또 오고 충전 중이던 휴대폰을 안 들고 내려갔다가 또 올라오고 세금 내러 가는 길에 고지서를 안 들고 가서 또 들어오고 그런다.

정신을 단단히 차리고 그날 저녁은 내일을 위한 메모를 정리하며 외출 준비물부터 부식 사 와야 할 것까지 동그라미 치고 야단이지만 다음 날 마트 갈 때 그 메모지는 두고 가서 엉뚱한 거만 잔뜩 사와 이놈의 건망증에 한숨이 절로 나온다.

그래도 요즘은 마트에서 장보고 나올 때 남의 마트는 안 끌고 나와 다행이다.

지난번에는 다른 아줌마 것 끌고 나와 계산하려고 줄 서 있는데 그 아줌마도 남의 카트인 줄 모르고 줄 서 있었다.

가정용 장보기는 비슷비슷해서인지 그 아줌마도 깜빡 깜빡 연대회원인지 둘이 카트를 바꾸며 의미 있는 웃음으로 인사를 나누었다.

며칠 전엔 산책을 마치고 오던 길에는 속을 달래느라 율무차 한잔 마시러 갔다가 얼떨결에 밀크커피 눌러놓고 커피가 지지익 나오는데 나 참 환장 빈속에 그 커피 한잔 마시고 손가락이 얼마나 후들댔는지 모른다.

나는 아이들을 한꺼번에 둘이나 낳아서 그런다지만 남편은 요즘 왜 또 그러는지 볼일 보러 급히 나가면서 돋보기 가지러 또 올라오고 지갑 놓고 갔다고 또 오고 수시로 전철을 반대 방향으로 타거나 한두 정거장 더 가서 내려 집에 늦게 오기 일쑤다.

기억력도 온전치 않은 우리에게 매주 경조사는 어찌 그리 많은지 달력에 동그라미 치고 별표를 그리고 오늘도 야단이다.

똥 벼락

눈이 많이 오는 날엔 꼭 생각나는 이야기가 있다.

내가 살던 아파트의 지붕에 계속 내린 눈이 쌓여 드디어 지붕의 기와가 눈의 무게를 못 이겨 꽝~꽝~엄청난 소리를 내며 바닥으로 하나씩 떨어졌으니 아파트 관리실에서는 입주민들에게 외출을 삼가라는 방송과 경고를 철저히 주고 부득이 외출할 때는 없는 안전모 대신 어른이나애들이나 일명 대야를 머리에 이고 혹시 기와장이 떨어질것을 대비하며 뛰어 들어왔다.

그날 오후에는 지붕 수리하시는 아저씨들이 지붕에 올라 눈을 치우며 웅성웅성하셨는데 그중에 아저씨 한 분이 대변이 엄청 급해서서 기왓장 한 장에다 푸짐~하게용변을 봐서 있는 힘을 다해 담 너머로 던진다고 던졌는데 담 바로 밑에 주차해놓은 새 차로 떨어져서 차가 똥 범벅이 되었다.

당시 그 차는 옆 통로의 높으신 분이 새 차를 사놓고 아끼시느라 본인도 다른 차로 출퇴근을 하셨고 아이들이 많은 동네라 어디 조금이라도 상처가 났나 퇴근 후면 늘 차를 살피시곤 하셨던 터라 우리는 그날 아무 일도 못 하고 똥 벼락 맞고 구부러진 차를 보며 혹시 우리한테도 불똥이 튈까 봐 무지 걱정을 했다.

"우와~세상에~ 지붕 위에서 똥 싼 아저씨는 이제 죽었다!!"
"세상에 어쩌면 좋아, 무슨 이런 일이 다 있어?"
차를 보고 나도 베란다를 서성이며 걱정을 했는데 의외로 일이 간단하게 끝났다.

먼저 퇴근하신 바깥 어르신이
"똥 벼락 맞으면 재수 있다는데 우리 이 차 타는 동안 재수있게 생겼네~"하시며 조용히 정비소에 차를 보내시고 지붕에서 똥 싸서 기와를 날리던 아저씨도 야단치지 않으셨다고 들었다.

덕을 베푸신 덕분인지 그분은 이사 가신 후에도 승승장구하셔서 명예도 높게 얻으시고 부자까지 되셨다고 한다. 역시 어려운 상황에서도 남을 용서하고 선을 행해야 복을 듬뿍 받나 보다.

8부

하늘나라에 부치는 편지

장마

간밤 내내 빗소리가 얼마나 좋았는지
세상에서 내가 아마 제일 곤히 잠을 잤을 거다.

어쩌면 그 많은 비가 하늘에 있었을까
하늘의 천사들이 모두 나와서 물 조루에 비를 담고
사랑의 묘약을 타
우리에게 흠뻑 부어준 것은 아닐까.

이 비에
세상은 씻기고 씻겨 깨끗해지고
사랑 비에 젖은 우리는
더 따뜻한 가슴을 이야기할 수 있을 것이다.

더 맑고 더 착해지고 더 순해져서
많이 웃고 작은 일에 행복해하리라.

비가 오는 날이면 뭐든지 다 용서할 수 있을 것 같고
차분해지면서도 마음이 바빠진다.

오랫동안 듣지 못했던 첼로 협주곡을 들을까?
사랑 시집 속에 나를 끼워 넣을까?
우산에 닿는 빗소리에 귀 기울이며 가는 데까지 한번
가볼까?

잠시 잊혔던 누군가에게 전화가 올 것 같아 몇 번이나
전화를 들여다보다가
잊고 지내던 화분에게 말을 걸다가
창을 열고 손을 내밀어 비와 악수를 청한다.

젖은 손을 코끝에 대고 비릿한 냄새를 맡고
빗물에 세수하면 정말 사마귀가 나나 궁금해지고
어렸을 적 후련하게 흘러가던 집 앞 개울이 생각난다.

오늘도 온종일 비가 올 모양이다.

일감호 사랑

　전철을 타고 잠실 집에 가는 길에는 일감호가 보였다.

　호수를 놓치고 못 볼까 봐 차를 탈 때는 호수가 잘 보이는 쪽에 앉았다.

　일감호와의 처음 만남은 대학교 다닐 때 시험공부를 할 때마다 집에서 멀지 않은 건국대학교도서관을 이용하면서 시작되었는데 공부하러 들어갈 때나 공부를 마치고 나올 때면 호수를 한 바퀴 돌며 시를 읽거나 음악을 듣기도 하고 동산에 올라 건너편을 바라보며 미래를 꿈꾸기도 했다.

　사시사철 호수와 호수 주변은 색다른 아름다움으로 나를 설레게 했고 건국대학교에 다니는 학생들이 참 부럽기도 했다.

　등나무 밑 벤치에 앉으면 건너편에는 전철이 오고 또 가고 등나무꽃 향기가 참 좋았다.

비가 오는 날에는 호수에 떨어지는 빗방울을 보려고 큼지막한 우산을 들고 학교를 찾기도 하고 어른이 되면 학교 호수가 잘 보이는 집을 몇 채 사서 건국대 학생들에게 존경받는 유명한 하숙집 아줌마가 될까 생각한 적도 있었다.

어느덧 결혼하고 두 아이의 엄마가 되었고 아이들이 중학생이 되면서 포기하지 않았던 학업을 더하려고 건국대학교 교육대학원에 입학원서를 냈다.

왜 건국대에 오게 되었는가 입학 소감을 발표하는 시간에 남의 학교 호수를 사랑하다가 잊지 못해서 오게 되었다고 해서 입학생들이 웃었던 생각이 난다.

5학기 공부하면서도 일찍 등교해서 수시로 호수를 산책했는데 그럴 때마다 내가 결혼을 해서 아기를 낳아 중학생까지 키웠다는 것이 믿어지지 않아 웃음이 났다.

어느 날엔 수줍은 물안개 피어오르고 학생들이 재재거리며 지나갈 그 호숫가, 사철 푸르고 아름다운 꽃들이 피어 우리에게 말을 걸던 그 벤치, 학생들이 아무도 없는 날엔 시무룩이 우울해하던 그 호수는 그때 그 모습 그대로인데 청춘이었던 나는 많이 변해가고 있다.

첫인상

　나이가 드니 사람 보는 눈도 빨라진다.

　첫인상을 척 보면 나와 코드가 맞는 사람일지 알게 되고 사귀어 보면 거의 적중이다.

　그래서 나이 40이 넘으면 자기 얼굴에 책임을 져야 한다는 말이 있고 사람은 생긴 대로 논다는 말도 있는 것 같다.

　잠깐만 얘기를 나누어봐도 어떻게 살아온 사람인지 느끼게 되니 형사가 따로 없다.

　앉는 자세, 걸어가는 뒷모습, 말하는 표정이나 상대방을 배려하는 마음도 금방 눈에 들어오니 인생은 정말 내공이고 축적이다.

　우리 부모님들도 우리를 그렇게 훤히 다 알고 계셨을 것이다.

　때로는 거짓임을 알면서 눈감아 주셨고 안 좋은 것들은

그냥 다 모른 척 넘어가고 좋게좋게 지내셔서 가족이나 이웃들과 평화롭게 사셨던 것이고 미워도 둥글둥글 서로 도우며 사시는 모습을 우리에게 보여주셔서 우리도 이만큼 살아낼 수 있는 것이다.

우리 부모님이 내게 보여주셨던 노력과 헌신만큼 나는 자손들이나 지인들에게 못하고 지내는 게 많은데 어쩌나 나를 돌아보며 내 모습이 만나는 이들에게 고요하고 맑고 따뜻한 첫인상으로 보이길 소망한다.

자연의 철학자

한강 산책 나갔더니 아직 추운데도 냉이 캐는 사람들이 많았다.

나는 아무리 봐도 냉이 비슷한 게 너무 많아 정확히 어떤 건지를 모르겠다고 했더니 한 아줌마가 본인이 한참 동안 캔 냉이를 수북하게 모두 주면서 가지고 가서 국 끓여 먹으라고 했다.

"냉이를 처음 캘 때는 비슷한 게 많아서 어려워요. 나는 시골 출신이라 쉬워서 금방 또 캘 수 있으니 이 냉이를 다 가지고 가세요"

"에구구~ 추운 날 고생하며 캐셨는데 미안하게 그냥 어떻게 가지고 가요?"

"아니에요. 가져가세요. 내가 먹는 것보다 나는 그게 더 행복해요. 나는 또 캐면 되니까요"

모르는 그 아줌마에게 선물로 받은 냉이를 씻으며 자연의 철학자를 만난 것 같았고 국을 끓이는데 그 향내가 얼마나 좋은지 나도 다른 이들에게 아름다운 향기를 전하는 삶을 살아야겠다고 생각했다.

세상의 인심이 각박해졌다고 해도 자연 속에서는 우리가 모두 아름다움을 되찾고 형제고 자매이고 하나인 것 같다.

상금과 선물

아이들 키울 때 가장 효과적인 방법을 찾다가 시험을 보고 상금을 두둑하게 주는 방법을 썼다.

영어 단어나 수학 문제나 다 맞으면 즉시 두둑한 상금을 주었고 한두 개씩 틀리면 틀린 만큼 빼고 상금을 주었는데 아이들은 용돈이 두둑해지니 엄마랑 보는 시험에 재미를 붙였고 덕분에 학교 시험 결과까지 좋아 학원 갈 일이 없었다.

중학교 때는 영어 단어와 숙어 시험을 거의 매일 보면서 상금을 따복 따복 벌어 갔고 아이들 덕분에 내 영어 실력도 좋아졌다.

좋은 대학을 보내고 싶어서 고등학교 때는 전 과목 평균 점수가 잘 나오면 상금을 주었는데 이 엄마를 닮아 수학 점수가 안 좋게 나오는 바람에 1등은 못했고 운이 좋아 대학은 괜찮게 갔다.

아이들은 초·중·고 때 엄마랑 시험 보고 상금 타는 게 참 재밌었다고 말한다.

요즘엔 내가 나에게 상금과 선물을 건다.
큰일을 잘 마치면 나에게 선물도 하고 상금을 주는데 지난겨울엔 오래 함께했던 우리 강아지 복실이를 보내느라 마음고생 한 대가로 겨울 코트를 선물해서 따뜻하게 아주 잘 입었다.

내가 나에게 주는 상금이나 선물은 고생하며 살아온 나를 사랑하고 위하는 마음이니 남편이나 자식들이 해주길 바라는 것보다 훨씬 확실하고 실속있고 다른 일들도 더 잘 할 수 있는 동기부여가 되고 있다.

운명을 바꾸는 날

    어려서부터 내 이름이 그렇게 안 좋다 했지만 새로운 이름은 어색하고 지인들을 번거롭게 할 것 같아서 미적미적 계속 쓰다가 큰맘 먹고 바꾸었다.

    주민센터에서 서류를 만들어 관할법원에 개명신청을 하고 판사의 허락이 떨어졌다는 연락이 오면 법원에서 보내온 서류를 들고 구청에 신고하고 새 사진을 찍어 주민등록증과 운전 면허증을 새로 만들고 등기소에 가서 등기도 다시 했다.

    다음에는 거래하는 은행과 카드사와 건강보험이나 국민연금 및 각종 보험사와 통신사에 이름변경을 하고 출신학교 학적부와 각종 자격증까지 모두 이름을 바꾸고 다니는 병원까지 이름변경 작업을 해야 하니 번거롭긴 하지만 내가 살아온 삶이 얼마큼이었는지 내 이름이 어떻게 쓰이

고 있었는지 되돌아보며 새로운 미래로 나아가는 분기점
이 되었다.

　이름을 꼭 한번 바꾸고 싶은 분들은 어렵지 않으니 해
보라고 말하고 싶다.
　남들이 다 하는 일은 나도 충분히 할 수 있다.

　새 이름을 지어놓고도 11년이나 쳐다보기만 하며 망설
인 나처럼 늦지 말고 내 운명을 더 이롭게 한다면 내가 나
를 돕고 사랑하는 차원에서 노력해 볼 만한 일이다.

먼지가 되어

　지난 2년 사이에 가까운 분들이 다섯 분이나 세상을 뜨셔서 허망함이 말할 수 없었다.

　지적이고 유능하셔서 시중은행 본부장까지 성공하셨던 시누이 남편이 간이식 수술과 투병으로 몇 년간 고생하시다 가셨고 딸을 키우셔서 내게 며느리로 보내주신 첫 사돈이 짧은 시간 투병하다 가셨는데 안타깝기만 했다.

　친하게 지냈던 교수님 한 분이 백혈병으로 입원과 퇴원을 반복하다 떠나시고 학교 동문 두 분의 남편께서 한 달 차이로 황망하게 가셨으니 지인들도 이렇게 아쉽고 어이가 없는데 남편을 보낸 동문은 얼마나 기가 막힐까.

　슬픔 가운데 봄은 또 왔다.
　모두 좋은 분들이셨는데 가신 분들만 이 세상에 안 계

실 뿐 세상은 지난날들과 똑같이 돌아가고 있으니 세상이 참 냉정하고 무심해 보인다.

가까운 지인들이 소천하시니 나의 죽음에 대해서도 생각해 보게 된다.

내가 저세상으로 가는 날도 오늘과 똑같이 변함없는 하루겠지.

모두 똑같은데 나만 인생 소풍을 마치고 그날 떠난 거지.

거리엔 오늘처럼 사람들이 바쁘게 오고 가고 휴대폰을 꺼내 소식을 주고받고, 바람이 불고 비가 내린 후면 나뭇잎들이 더욱 아름답고, 내가 즐겨 걷던 산책길에도 들꽃들이 피고 지겠지……

나는 이 우주에 먼지가 되어 떠다니며 내가 살다 온 세상을 우두커니 바라보겠지.

첫 손주 재인이

재인이를 꼬옥 안고 자면 잠이 잘 온다.

내 허리를 감고 품 안에 자고 있는 손녀 재인이가 천사
인지 사람인지 봐도 봐도 감사하니 내가 오랫동안 아들
바보이다가 손주 바보가 된 것 같다.

재인이는 우리 집에서 재밌게 놀다가도 어두워지면 엄
마가 보고 싶다며 신발을 신고는 집에 가겠다고 문고리를
잡곤 한다.

여섯 살이 되더니 할머니랑 자고 가라고 해도 다음에

자고 가겠다고 하며 미안한 표정을 짓는 게 벌써 이렇게 컸나 놀랍다.

나도 초등학생 때까지는 외할머니랑 자고 싶다고 할머니 댁에 보내 달라고 했었고 할머니 품 안에 잠들 때 할머니가 들려주셨던 이야기들이 지금도 생각난다.

할머니 집에 너무 가고 싶고 할머니랑 잠자기를 좋아했던 우리 재인이도 금방 크고 있으니 공부 스트레스나 세상살이 스트레스가 다가오고 있는 것 같아서 짠하다.

자손들이 안전하고 건강하게 지내도록 기후도 좀 좋아지고 세상에 나쁜 일들은 없어져서 지금의 어린이들과 아기들이 편안히 학교 다니고 잘 자랄 수 있기를 간절히 바라는 할머니 마음이다.

품 안의 자식이고 품 안의 손주라 하는데 재인이가 가고 나면 얼마나 허전한지 내 손주들에게 때가 다 지나기 전에 할머니의 사랑과 추억을 안겨주어야지 다짐하는데 세상 모든 할머니 할아버지들의 마음일 것이다.

음악적인 다인이

둘째 손녀 다인이는
기어다닐 때부터
음악 소리가 나면
박자에 딱딱 맞추어
몸을 흔들고 손뼉을 쳤던 음악적인 손녀다.

무용도 어쩜 그리 리듬을 잘 맞추는지 음악적인 재능을
나와 아들에 이어 타고난 것 같아 감사하다.

집안마다 자손들이 조상들을 닮아 태어나고 유능하고
따뜻한 엄마를 만나 유년시절을 원만하게 보내면 평생

을 순조롭게 살 수 있다는 게 많은 교육학자의 연구 결론이다.

우리 다인이도 음악적인 재능을 타고 났으니 평생 예술을 사랑하며 가족들과 함께 아름다운 인생을 살 수 있으면 좋겠다.

샛별 승준이

2023년 4월 6일 오후 3시에
우리 집안의 샛별같이 새아기가 태어났다.

세상에 나온 손자를 만나려고 깨끗이 몸과 마음을 씻고
설레는 마음으로 아들 집의 벨을 눌렀다.

요람 위에 손자는 두 손주가 그랬던 것처럼 뭉클한 감
동이었다.

사람이 꽃보다 아름답고 사람이 재산이라 하는데
새 손자 승준이 덕분에 우리 집 안은 더 아름다워졌고
재산이 늘어 부자가 된 것 같다.

손주를 가슴에 안고 감사드리며 우리 손주들 나아가는 삶에 늘 건강과 행복이 가득하고 어디서나 빛나는 삶이 되길 간절히 기도했다.

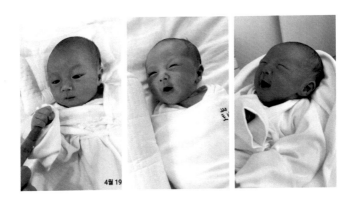

이사 가는 날

결혼 전에는 부모님을 따라 두 번 이사했고 직업군인인 남편과 결혼 후 전역할 때까지 24번 이사를 했다. 군인 가족의 애환이 이사를 많이 다니는 거라고 알고는 있었지만 어쩌면 그렇게 이사할 때가 자주 돌아오는지 해도 해도 너무했다.

결혼 초부터 남편은 바다에 거의 나가 있었고 포장 이사가 없던 때라 혼자서 면장갑과 노끈을 사고 가게마다 다니며 빈 박스를 구해다 방안 한쪽에 잔뜩 세워두고 밤을 새워 이삿짐을 싸는데 박스 번호를 매겨 차곡차곡 쌓아두곤 했다. 그때는 어려서인지 영화 속의 여전사처럼 일도 잘했고 몇 시간 자고 나면 힘이 불끈 솟아나 날이 새면 거뜬하게 또 짐을 싸곤 했다.

진해에서 목포로, 목포에서 추자도로, 추자도에서 또 진해로, 진해에서 동해로, 동해에서 서울로 하여튼 1년에 두 번 세 번 이사하기도 하고 전국을 멀미 날만큼 원 없이 다니는 동안 아기들이 태어나 학생이 되고 전학할 때마다 전학 가야 한다고 이야기하기가 얼마나 미안했는지 모른다.

아이들이 성년이 된 요즘 어딜 가나 유연하게 적응 잘하는 것은 잦은 이사와 환경 변화에 따른 성장기와 청소년기의 훈련 덕분이 아닌가 한다. 새로운 곳에 적응도 점점 빨라지고 아름다운 자연 속에서 가는 곳마다 그 고장의 명소들을 자연스럽게 여행하며 유연한 사고를 키울 수 있었으니까.

막상 남편이 전역하니 고생했던 그때 그 시간들이 그리워진다.

이사를 앞두고 심란하지 않아도 되고 밤새워 짐 정리를 안 해도 되는데 현역인 후배들이 부럽고 이사 다니던 그때가 좋았던 것 같으니 이런 증세는 이사중독증인가?

다시 태어나 직업군인에게 프러포즈를 받는다면 나는 결혼을 할 것인가 말 것인가 아마 또 하고 말 것 같다는 생각에 웃음이 난다.

군인은 국가와 겨레를 지켜야 하고 때론 생명을 바쳐 나라를 구해야 할 사람인데 누군가는 또 그 남자를 책임지고 챙겨야 하지 않겠는가.

군인의 아내

군인의 아내로 사는 일은 쉽진 않았지만 재미있었다.

사관학교 동기생 부인들은 결혼 후 새로 사귄 친구들처럼 남편들이 바다에 나가 있을 때면 자주 만나 차를 마시고 함께 운동하거나 시장에 다녀오거나 모여서 밥을 먹고 이야기 나누며 정이 많이 들었다.

한 집이 다른 지역으로 발령이 나면 헤어지기 아쉬워서 송별식을 몇 번씩 했고 이사하는 날엔 함께 모여서 이삿짐을 올리고 짐을 실은 트럭이 안 보일 때까지 손을 흔들고 돌아오는 길은 허전하고 쓸쓸했다.

누가 가까이 이사 온다 하면 모든 스케줄 미루고 밥을 해놓고 기다리고 주말이면 체력단련을 위해 모여 운동을 같이하니 데리고 나온 아이들끼리도 친구가 되어 반갑게 만나곤 했다.

모두 전역을 했고 나이가 많아졌지만 요즘도 나는 동기생 부인들이 최고라고 생각한다.

나처럼 모두 이사 다니며 무진장 고생했고 자녀들 전학시키느라 애 많이 썼던 친구들, 세상 다 할 때까지 경조사에 함께 하며 힘이 될 친구들, 살다가 재가 되어도 이웃이 될 동지이자 전우들이니 어디서나 빛나고 모두 건강히 행복하게 지내길 기원하며 우리 군인의 아내라는 이름표를 자랑스럽게 간직하자.

남편의 전역

　남편이 오랜 군 생활을 마치고 전역하는 날, 전역 행사를 마치고 조촐한 기념품을 들고 들어오는 남편을 보니 눈물이 왈칵 났다.

　이제는 흔들리는 배에서 바다를 지키지 않아도 되고 전국을 동서남북으로 이사하지 않아도 되고 전학 서류를 들고 아이들 눈치를 보지 않아도 되지만 이미 익숙해져 버린 군대에서 벗어난다는 것은 두렵고 허무했다.

　부대에서 전역하고 집에 온 남편과 뭘 하면 좋을지 서성대다가 일단 집을 나가 많이 걸었다.

　그는 군인이라서인지 평소의 여유 있는 성격 탓인지 담대했다.
　작은 일에도 상처받고 힘들어하는 나보다 우직하고 차

갑고 딱딱한 가슴이라 이런 날은 다행이다.

지난 30년은 지나고 보니 짧았다.
이사 가서 자리를 잡고 적응할만하면 또 이사 가야 하는 일이 아이들 전학만큼 싫었지만 군인정신으로 짐을 싸고 풀며 새로운 고장의 아름다운 자연을 만 날 수 있어서 다행이었다.

불안한 거주지 이동에 정신없이 살며 전역을 대비해야 한다고 생각은 했지만 그런 날이 이렇게 빨리 올 줄은 몰랐다.

남편은 이제 새로운 일을 시작했고 성실히 잘 해낼 것이라 믿는다.
고생도 많이 했지만 지난 군인 가족으로의 생활은 감사함이었다.
덕분에 우리나라 곳곳의 사람들을 만나며 함께 지낼 수 있었고 전국에 사는 모든 이들을 다 품고 사랑하게 되었다.

남편이 전역했지만 우리가 군인 가족이었기에 종 종 만나게 되는 군인들 모두가 가족처럼 소중하게 느껴지고 우

리나라의 통일과 안보에 관련된 뉴스도 더욱 귀담아듣게
된다.

한번 군인은 영원한 군인이고 우리는 영원한 대한민국
의 군인 가족이다.

남편의 해군사관학교 입교 순간부터 함께 해 온 많은
동기분과 선 후배들과의 뜨거운 인연에 감사드리며 남편
을 내조하며 전국으로 이사 다녔던 가족들의 건강과 행복
을 기원한다.

어머니의 노트2
- 사랑하는 아들에게

사랑하는 아들아

너희들이 엄마의 아들로 태어나서 너무 좋았어.

자라면서 어른이 될 때까지 한 번도 크게 속 썩이지 않고 늘 바르게 엄마 곁에 있어 주어서 엄마도 잘 살 수 있었어.

너희들은 우등생이고 모범생이니 속 깊은 따뜻함과 진중하고 꾸준한 마음 그대로 살면 앞으로도 어디서나 빛날 거야.

아들아!

엄마도 어렸을 때는 빨리 어른이 되고 싶었는데 세월이 순간이더라.

너희가 어렸을 때는 얼른 자라 학교에 가길 바랐고 학

교에 다닐 때는 좋은 직장을 얻길 바랐고 착한 배필을 만나 아름다운 가정을 이루길 기도했는데 순식간에 그 꿈을 이루고 나니 엄마의 몸이 늙고 큰 병도 찾아오고 사는 게 수월치 않았어.

군인의 아들로 태어나 전학 다니느라 고생 많았고 엄마가 전학할 때마다 미안했어.
그 와중에 항상 밝고 공부도 잘 해줘서 고맙다.

엄마가 좋은 환경을 만들어주려고 늘 집에서 책 읽고 꽃 가꾸고 음악 듣고 너희들과 자연 속 산책을 많이 했던 것처럼 너희도 자녀들의 영혼을 아름답게 가꾸어주어라.

부모가 맑고 바른 자세로 가화만사성을 이룰 때 자녀들도 저절로 잘 되는 것 같아.
너희도 순간의 감정을 이기지 못하고 배우자나 자녀들에게 상처 주는 일이 생기지 않도록 늘 몸가짐을 단정히 하길 바란다.

외할머니가 그랬던 것처럼 엄마도 이를 악물고 굳세게 노력했던 부분이야.

아들아!

엄마가 더 늙어 이 세상을 떠나가도 따뜻한 햇볕과 뭉
게구름과 네 얼굴을 스치는 바람과 피어나는 꽃 속에 엄
마는 항상 너를 바라보며 함께 있을 테니 엄마가 떠났다
고 너무 슬퍼하지 마.

이 세상의 많은 자녀 중에 엄마의 아들로 태어나줘 고맙
고 너희를 낳아 키운 게 엄마가 태어나 제일 잘한 일 같아.

몸이 보배니 언제나 건강을 첫째로 돌보고 자연과 예술
을 사랑하며 즐겁고 당당하게 살거라.

어머니 가시던 날

2003년 12월 22일, 눈발이 하나둘 날리던 날
78세이셨던 엄마가 세상을 뜨셨다.

그날은 남편이 목포 부대에 전대장으로 부임하는 날이라 목포에 내려갔다가 올라오는데 정신이 하나도 없었고 엊그제까지 병원에 계시던 엄마가 안 계신다니 영 실감이 나지 않았다.

걱정이 많았는데 3일간 장례식장 가득 지인들이 찾아와 슬픔을 함께 해주셔서 너무 감사했고 서로 도우며 살아야 함을 배우며 은혜를 잊지 않아야겠다는 다짐을 했다.

엄마가 떠나신 지 벌써 20년이 되어간다.

평생 몸이 약한 아버지께 지어미로서 최선을 다하는 모습을 자녀들에게 보여주신 존경스러운 엄마, 피땀으로 나를 낳아 기르시고 세상에서 내게 제일 큰 사랑을 주신 우리 엄마, 영혼이 하늘에 계신다면 또 만날 날이 있으리니 아름답게 살다가 세상 다하는 날 엄마를 만나러 가야겠다.

엄마는 가셨지만 내 얼굴에도 남아있고 내 영혼에 계셔서 나를 더욱 바르게 살게 하신다.

다정한 엄마의 목소리, 근엄하고 엄격한 얼굴, 따뜻한 손길까지 이제 엄마는 이 세상에 안 계시지만 내 안에 영원히 계신다.

하늘나라에 부치는 편지

　그립고 또 그리운 엄마

　저를 잉태해 입덧하시며 힘드시고 무겁게 안고 다니시다가 피로 저를 낳아 주셔서 오늘의 제가 있었으니 엄마의 그 은혜가 얼마나 큰지 나이가 들수록 가슴 먹먹합니다.

　철이 없을 때는 제가 하늘에서 뚝 떨어진 줄 알고 부모님의 하늘 같은 사랑을 잊고 지낸 적이 많았지요. 제가 아이들을 낳고 키우며 순간순간 엄마가 얼마나 힘드셨는지 가슴이 아팠으며 제가 늙어가니 이제야 엄마의 노년에 얼마나 쓸쓸하셨을지 깨닫고 있답니다.

　엄마! 저도 어느새 60살이 넘었어요.

엄마가 피땀으로 낳아서 금쪽같이 키워주셨는데 얼굴은 주름살이 생기고 마음에도 상처가 생기고 저도 엄마처럼 늙어가네요.

엄마가 그렇게 이뻐하시며 우유 먹여주셨던 손주들도 어느새 다 결혼해서 잘 살고 있고 예쁜 며느리들도 생기고 재인이와 다인이와 승준이라는 저의 손주들도 생겼답니다.

자식들이 가정을 이루어 품 안에서 나가고 나니 허전함과 상실감도 있었는데 아버지랑 엄마도 그러셨을 것 같아 숙연한 마음입니다.

엄마도 아시겠지만 엄마가 남기신 저희 형제들은 누구 부럽지 않게 모두 잘 살고 있답니다.

엄마도 이제 마음 푹 놓으시고 아버지랑 천상 세계 구경도 다니시고 못다 나눈 사랑도 많이 하세요. 하늘에서 행복하게 지내시며 저희 가정과 자손들 잘 지켜 주시고 저 천국 가는 날 기쁘게 만나요. 엄마.

다시 한번 저를 낳아 정성과 사랑으로 키워주신 어머니의 은혜를 가슴에 새기고 남은 세상 굳세게 살다가 엄마 곁으로 가겠습니다. 그 날 만나요. 엄마, 우리 엄마 안녕!!